龍の壮烈、Dr.の慈悲

樹生かなめ

white heart

講談社X文庫

目次

橘高正宗
【きったか まさむね】
清和の養父。
眞鍋組顧問。
祐
【たすく】
眞鍋組の参謀。
安部の息子のような存在。
安部信一郎
【あべ しんいちろう】
正宗の右腕であり舎弟頭。
眞鍋組組員の信望が厚い。
橘高典子
【きったか のりこ】
清和の養母。
リキ
清和の右腕。
眞鍋の虎と呼ばれる。
橘高清和
【きったか せいわ】
眞鍋組二代目組長。
氷川の恋人。
氷川
氷川諒一
【ひかわ りょういち】
清和の恋人。
明和病院に勤める
美貌の内科医。
人物紹介

京介
【きょうすけ】
ホストクラブ・ジュリアスの人気ホスト。ショウの幼馴染み。
サメ
眞鍋組の諜報部隊トップ。
ショウ
清和の舎弟。
眞鍋組の特攻隊長。
吾郎
【ごろう】
清和の舎弟。
卓
【すぐる】
清和の舎弟。
箱根の旧家出身。
宇治
【うじ】
清和の舎弟。
信司
【しんじ】
清和の舎弟。
摩訶不思議の信司と呼ばれる。

イラストレーション／奈《な》良《ら》千《ち》春《はる》

龍《りゅう》の壮烈《そうれつ》、Dr.《ドクター》の慈悲《じひ》

1

何事もなかったかのように、不夜城からギラついていたネオンが消えた。

眠そうなホストやバーテンダー、マスターがクローズした店からぞろぞろと出てくる。ショーパブの前ではセーラー服姿の中年男性が寝ているし、閉店中のラーメン屋の前では若いサラリーマンが豪快な鼾《いびき》を立てているが、誰も足を止めたりはしない。パジャマ姿で闊歩《かっぽ》している風俗嬢は平然とジャムパンを食べながら牛乳を飲んでいるし、風俗店の前に積まれたゴミの山の生々しさも常となんら変わらない。いつもの朝靄《あさもや》に包まれた歓楽街だ。

指定暴力団・眞鍋《まなべ》組でも何もなかった。日常茶飯事の騒動があっただけだ。それゆえ、二代目姐《あね》と遇されている氷川諒一《ひかわりょういち》は平静時のように振る舞った。

……振る舞わなければならなかった。

決して、愛《いと》しい男の状態を悟られてはならない。氷川は眞鍋組の若い構成員たちを従え、眞鍋組が支配する街を歩く。

「姐さん、眞鍋の二代目がくたばったそうだな。もともと、あの若造にシマを仕切る力はなかったんだ。さっさと出ていけ」

風俗店ばかり入った古い雑居ビルの前で、氷川の前に海坊主のような男が立ちはだかった。一目で暴力団関係者だとわかる。従えている男たちにしてもそうだ。

「どちらさまでしょう？」

氷川は毅然《きぜん》とした態度で接したが、護衛としてついていた卓《すぐる》と吾郎《ごろう》の顔色は一瞬にして変わる。

「これでも姐さんと眞鍋の二代目のためを思って言ってやっているんだぜ」

ジロジロと舐《な》めるように眺められ、氷川の心は軋《きし》んだが顔に出したりはしない。権力を振りかざす患者たちに比べたら可愛《かわい》いものだ。

「まず、名乗りなさい」

氷川があえてにっこりと微笑《ほほえ》むと、海坊主のような男は大袈裟《おおげさ》に肩を竦《すく》めた。

「姐さんが俺の顔を知らないとは驚きだ。一度でも眞鍋の組長代行に立ったことがあるなら、俺の顔ぐらい知っていると思っていたぜ」

指摘された通り、タイに滞在していた眞鍋組二代目組長の嘘《うそ》の訃報《ふほう》が流れた時、氷川が組長代行に立ち、閲覧できたデータにはすべて目を通した。目の前の不遜《ふそん》な男の顔には見覚えがある。

「……浜松《はままつ》組の若頭補佐？」

浜松組は性懲りもなく不夜城を狙《ねら》っている暴力団のひとつだ。記憶が正しければ、急《きゅう》先鋒《せんぽう》が海坊主のような若頭補佐だった。

「おいおい、情報が古いぜ。俺が浜松組の組長だ」

氷川が眞鍋組の頂点に立って以来、数え切れないぐらい眞鍋組に激震が走った。あまりにもいろいろとありすぎて、浜松組のトップが誰か、氷川は知らなかった。もっとも、聞いても教えてはくれなかったに違いない。本来、極道の妻は組のことにはタッチしないものだ。

「組長とは思えない薄っぺらさです」

氷川が意図的に作った笑顔を浮かべると、控えていた浜松組構成員たちがいっせいにいきり立つ。今にも凶器が飛びだしそうな勢いだ。

「おとなしく聞いていりゃあ調子に乗りやがって。オカマの分際で大口を叩《たた》くなっ」

「薄汚い女は黙れっ」

「眞鍋の若造は自分の女房の躾《しつけ》もできねぇのかっ」

浜松組の組長は荒れる舎弟たちを宥《なだ》めるように、小指のない大きな手を振った。そうして、氷川に諭すように言った。

「姐さん、俺は眞鍋の若造より重いと思うぜ」

不夜城の覇者は氷川より十歳年下の二十歳だ。まだまだ若いと侮られているし、敵は星の数より多い。

「組長ならばここに殴り込んだりしないと思いました」

組長のすることじゃありませんよね、と氷川は独り言のように続けた。

今までに幾度となく、浜松組の構成員たちが不夜城で派手に暴れたという。氷川は浜松組の組長が直々に眞鍋組の統べる街に乗り込んだと聞いた記憶がない。

「姐さんのためを思って、こうやって平和的な話し合いに来てやったんだ」

「平和的な話し合いですか？」

「そうだ。姐さんのための話し合いだ。男とは思えないべっぴんさんだぜ。もう眞鍋の若造は守ってくれない。お綺麗《きれい》な顔が劣化する前にソーセージの材料を持って不夜城から逃げろよ」

殴り込みじゃない、とばかりに浜松組の組長は氷川に向かって両手を振った。眞鍋組二代目組長の重体を知っていることは間違いないし、二代目姐が眞鍋組を食品会社にしたいと騒いでいることも知っているのだろう。なんにせよ、組長自ら揺さぶりをかけるために乗り込んできた。それだけは確かだ。

「浜松組の組長がこんなに愚かだとは知りませんでした」

浜松組は戦争する資金がなかったはず、と氷川は耳にした浜松組の内情を思いだす。先の見えない不景気には闇《やみ》組織も大打撃を受けていた。確か、眞鍋組の重鎮や参謀は、浜松組を敵に入れていなかったはずだ。

「……なんだ？　若造に相手をしてもらえなくなったらこれから寂しいな。男も相手にする竿師《さおし》を回してやるからそんなにピリピリするなよ」

浜松組の組長並び構成員たちから下卑た笑いが漏れる。これ見よがしに腰を動かす若い構成員もいた。

「そのような心配はご無用に願います」

「なんだよ。あれだろ？　男ナシじゃいられないオカマなんだろ？」

「大事になる前にお帰りなさい」

あっという間に、眞鍋組の構成員たちが氷川の周りに集まってきた。閉店した居酒屋から信司《しんじ》が若い構成員たちとともに出てくるし、熟女キャバクラの看板の前では、特攻隊長のショウが殴りかからないように、武闘派幹部候補の宇治《うじ》と古株の構成員が押さえ込んでいる。

「あのさ、姐さん、こんなチャンス逃すと思うか？」

二代目が殺されたことは知っているんだぜ、と浜松組の組長は言外に匂《にお》わせている。背後の浜松組構成員たちも同意するようにいっせいに相槌《あいづち》を打った。

「生憎《あいにく》、チャンスではありません」

僕の清和《せいわ》くんは殺されていない。

清和くんは僕をおいて逝《い》ったりはしない。

危なかったのは確かだけれど助かった。

すぐに元気になる、と氷川は心の中で自分に言い聞かせた。この場で浜松組相手に少しでも動じたら元も子もない。

「噂《うわさ》じゃ、姐さんは眞鍋の金看板を下ろしたがっていると聞いた。違うのか？　二代目姐の座に未練があるのか？」

「眞鍋組の金看板を下ろしたいのは山々ですが、下ろせそうにありません」

今は、と氷川は心の中でつけ加えた。

一刻も早く、眞鍋組を眞鍋食品会社にしたいが、不夜城が火の海に包まれる大惨事は招きたくない。つい先ほど、眞鍋組に飛び込んできた関西の長江《ながえ》組の脅威は想像を遥《はる》かに超えていたのだ。

『姐さん、ここで眞鍋組が食品会社になったら、長江組は嬉々《きき》として眞鍋のシマを焼き尽くすでしょう』

眞鍋組で最も汚いシナリオを書く策士は今後の見解を述べたが、氷川はどうしたって納得できなかった。

『祐《たすく》くん、どうして？　シマを焼け野原にしたら、みかじめ料どころかなんの収入も得られない』

『まず、眞鍋の息のかかっている店はすべて焼く。全部、焼き尽くし、根こそぎ奪い、長江組は自分たちの恐ろしさを見せつけてから支配するはずです』

暴力団の一本化を画策している長江組に生ぬるさは微塵《みじん》もない。共存を掲げる大親分の下、まとまっている関東の暴力団とはまるで違う。

寒野《かんの》組の解散により、バックについていた長江組は不夜城から撤退したと思った。その時、長江組の影はなかったという。

だが、つい先ほど、諜報《ちょうほう》部隊から緊急連絡が入ったらしい。

長江組の先鋒隊がすでに乗り込んで水面下で動き回っているとなれば、眞鍋組も悠長なことはしていられない。たとえ、二代目組長が瀕死《ひんし》の重体であっても。

「姐さんの一声で下ろせるだろう。あの若造は寒野組長にやられてくたばったんだから、眞鍋は終わりだ。それとも、リキが三代目に立つとでもいうのか？」

寒野禮《れい》は異母妹の涼子《りょうこ》という搦《から》め手《て》を使って、眞鍋組のシマに寒野組の看板を堂々と掲げた。そのうえ、一瞬の隙《すき》を狙って、清和を長刀で突き刺した。

紛れもない事実だ。

危なかったことも事実だ。

しかし、氷川は白皙《はくせき》の美貌《びぼう》を輝かせ、高らかに言い放った。

「浜松組の情報網を見直したほうがよろしい。寒野禮さんは寒野組を解散させて一般人になりましたから組長ではありませんし、清和くん……眞鍋組の二代目組長はお元気です」

「そんな見え透いた嘘をついても無駄だ。若造は木村《きむら》センセイと一緒に刺し殺されたんだろう？」

「勝手に殺さないでください」

「眞鍋の二代目は死んだ。眞鍋の奴《やつ》らから聞いたぜ」

「自称・眞鍋組構成員の言葉を信じることが間違いです」

先を読む祐《たすく》により、探偵を名乗る天才外科医を作り話で騙《だま》して呼び、清和とかつて『プリンス』と称《たた》えられていたモグリの医者の手術は成功した。けれど、まだまだ予断は許せない状態だという。氷川はガラス越しでも無事を確認することができなかった。それでも、氷川は愛しい男と同じ場所にいたかったが、長江組の先鋒隊の報告を聞き、そういうわけにはいかなくなったのだ。

『姐さんは何もしないでくれ』だの『姐さん、お願いですからおとなしくしていてください』だのが、いつも氷川に向けられる十八番《おはこ》のお願いだ。

しかし、寒野禮のバックであった長江組の先鋒隊が乗り込んできたという報告により、急遽《きゅうきょ》、氷川が朝靄に包まれたシマを歩くことになった。目的は『二代目の朝食を買うため』だ。祐による苦肉の策だった。

今、浜松組を相手にしている余裕はない。

誤魔化さなくてはならない相手は長江組だった。

どうしてこんな時に浜松組が乗り込んでくる、と氷川は内心でイライラしたが、自制心で笑顔を絶やさない。

「姐さんのためを思っているんだがなぁ」

浜松組の組長は清和が死んだと信じ込んでいる。噂に尾鰭《おひれ》がつくのは知っているが、氷川はどうにも腑《ふ》に落ちない。問《と》い質《ただ》したいが、ぐっと堪《こら》えた。

「お気持ちだけ受け取っておきます。受け取りましたから、一刻も早く、ご自分の街にお戻りください」

見なさい、とばかりに氷川は白い指でショウを差した。宇治と古株の構成員のみならず、プロレスラーのような構成員が五人がかりで押さえ込んでいる。

「……何かあったらいつでも連絡をくれ」

浜松組の組長はショウから向けられる殺気に思うところがあったらしい。応戦せず、後退を決めた。

「お心遣い、痛み入ります」

「……あ、最後に確かめておく。三代目の組長はリキか？　舎弟頭の安部《あべ》か？　橘高《きったか》顧問は立たないな？」

眞鍋組の頭脳とも最強の男とも称えられるリキと昔気質《むかしかたぎ》の安部信一郎《しんいちろう》、清和の養父である橘高正宗《まさむね》は、極道界でも一目置かれている。指定暴力団の頂点に立ってもおかしくは

WL

ない極道だ。

「眞鍋組の三代目の話はいっさい出ていません」

「リキはなんでもいいところのボンボンだっていうじゃねぇか。そんなボンボンが三代目になったらヤバいな……まぁ、三代目は無理だな……けど、リキ以外に三代目っていったら……祐は無理だろ。眞鍋も意外と人材不足だな」

「人材不足に苦しんでいるのは浜松組でしょう。即刻、次の組長を決めたほうがよろしい」

「おとなしそうな顔をして生意気な」

「今にもショウくんが暴れそうです。お帰りください」

氷川は改めて意味深な目で、眞鍋が誇る鉄砲玉を差した。いつの間にか、ショウは十人がかりで押さえ込まれている。

「オカマ、熱海《あたみ》でソーセージ屋でもやれよ」

浜松組の組長は捨《す》て台詞《ぜりふ》を吐くと、舎弟たちを連れて氷川の前から立ち去る。眞鍋組の兵隊たちと火花を散らし合ったが、どちらも手を出すことなく終わった。

氷川はショウを全身全霊で押さえ込んでいた構成員たちに拍手を送りたい。ズルズルズル、とそのままショウは眞鍋組資本のキャバクラの裏口に引《ひ》き摺《ず》られていく。

「姐さん、お見事です」

卓にそっと耳打ちされ、氷川は大きな息をついた。

「卓くん、今のは脅し？」

「……はい、ほかの暴力団に対する威嚇も兼ねた脅しです」

浜松組以外にも多くの暴力団が不夜城を狙っている。ロシアン・マフィアや台湾系のマフィア、大陸系のチャイニーズ・マフィアなど、海外の闇組織も虎視眈々《こしたんたん》と触手を伸ばしていた。

「浜松組の組長、あまり賢そうな組長じゃないね」

氷川がズバリ指摘すると、卓は不敵な笑みを浮かべた。

「姐さんも気づかれましたか」

「寒野さんが浜松組と共闘しなかった理由がよくわかる」

寒野禮は清和の養父である橋高正宗の兄貴分の息子だが、その生い立ちからいろいろと鬱屈《うっくつ》していたらしい。凄絶《せいぜつ》な覚悟で実父である支倉《はせくら》組長が認めていた清和に挑んだ。『殺されてもいいから、オヤジが絶賛している二代目に一矢報いたかった』と。

生涯、氷川の瞼《まぶた》から長刀で貫かれた愛しい男の姿は消えない。

正直、愛しい男を刺した寒野は許せない。

だが、寒野を罰したいとは思わない。不幸の連鎖を断ち切りたい、という切羽詰まった一心だ。

「……あ、姐さん、そのことは……」

「さっき、ショウくんたちが口を滑らしたよ。浜松組も寒野さんに共闘を持ちかけていたんでしょう?」

浜松組も寒野の存在を摑《つか》んでいたという。それなのに、寒野という駒《こま》を上手《うま》く使いこなすことができなかった。

「……せっかく涼子さんの援助をもらっておきながら、ああいうふうにしか使えなかった。馬鹿《ばか》な男です」

支倉組長の愛娘《まなむすめ》の涼子は異母兄にあたる寒野のために奔走した。尽くしすぎるぐらい尽くしたらしい。そもそも、涼子がいなければ、眞鍋のシマに寒野組の看板を掲げることもできなかった。もっとも、すでに撤去されているが。

「それは僕も思う。涼子さんともっと違うビジネスをすればよかったのに……」

「俺もそう思います」

「……あ、卓くん、あの喫茶店でいいのかな?」

年季の入ったビルが目立つようになったと思えば、氷川の視界に二十四時間営業の老舗《しにせ》喫茶店が飛び込んできた。祐に指示された店名である。立て看板のメニューを見ると、軽食のテイクアウトが充実していた。

「……そうです。二代目行きつけの喫茶店です」

「喫茶店でもステーキや焼き肉を食べているの？」

氷川は眞鍋組のシマに清和お気に入りのステーキハウスや焼き肉屋があることを知っていた。つき合いと称して、隠れて舌鼓を打っていることも。

「パワーサラダランチを召し上がることが多いです」

卓は爽《さわ》やかな笑顔で話を終わらせようとしたが、氷川は胡乱《うろん》な目で突っ込んだ。

「卓くん、あの清和くんがパワーサラダランチを食べているの？　スタッフに確認していい？」

「……日を改めてください」

正直に白旗を掲げた知能派幹部候補に対し、氷川は長い睫毛《まつげ》に縁取られた瞳《ひとみ》を揺らした。

「そうだね。スタッフと口裏を合わせた後に聞いてあげる」

「ありがとうございます」

卓が神妙な面持ちで一礼すると、渋面の吾郎が喫茶店のドアを開けた。氷川がレトロな喫茶店に入れば、ジャズとともに蝶《ちょう》ネクタイを締めたマスターが笑顔で迎えてくれる。眞鍋組の重鎮たちも気に入っているという昔馴染《むかしなじ》みの店主だ。

「……えっと、清和くんの朝食はどれにしよう。豆のサラダと野菜サラダのコッペパンにしたいけれど、清和くんは絶対に物足りないよね」

氷川はテーブルにつかず、カウンターでメニューを眺めながら悩んだ。こんな日でなければ、ゆっくりしたかった名店だ。

「はい。二代目は満足できないと思います」

「……あ、清和くんにはサーモンのホットサンドと豆腐サラダにする。僕は……ライ麦パンの卵サンドとズッキーニのサラダ」

氷川が花のように笑うと、卓が顔馴染みのマスターに注文した。すぐにその場でカウンターの向こう側にいるシェフが作ってくれる。

「卓くん、二代目が刺されて危篤だって聞いたけれどさ。こうやって姐さんが買い物に来てくれたから大丈夫なのかい？」

マスターに心配そうな顔で聞かれ、卓は端整な顔を歪《ゆが》めた。

「マスターまでそんな二代目の話を聞いたのか？」

「そんなの、入れ替わり立ち替わり、二代目の話で持ちきりだったよ。支倉組長の息子が眞鍋の二代目を仕留めた、ってパチプロやスカウトも興奮していた。木村先生も一緒に刺されたから助けてもらえなかったって……」

二代目は無事だと信じていたけどね、とマスターはどこか遠い目で独り言のように零《こぼ》したが、ロゴがプリントされた紙袋を用意する手は微《かす》かに震えていた。おそらく、不夜城の若い覇者を案じていたのだろう。

「確かに、二代目がちょっと油断して刺されたけど、ほんの掠《かす》り傷《きず》だ。姐さんが心配するから安静にしているだけさ」

「それならよかったよ。二代目になってから、やっと商売がしやすくなったから……あ、オリーブのパイをサービスしといたから食べておくれ」

卓と氷川はマスターに礼を言うと、ジャズが流れる老舗の喫茶店から出た。

向かい側のコンビニにいるチンピラ集団も牛丼屋《ぎゅうどんや》の風体の悪い男たちの軍団も、氷川の姿を見て動揺している。それぞれ、スーツ姿の氷川が眞鍋組の二代目姐だと知っていることは間違いない。ただ、ひとりも接近しようとはしなかった。

「卓くん、どうしてマスターまで清和くんが刺されたって知っているのかな？」

氷川が素朴な疑問を小声で尋ねると、卓も低く絞った声で答えた。

「姐さんもそう思いますよね」

「それも危篤だとか、重体だとか……」

清和が危ないとなれば、不夜城を狙う組織が仕掛けてくる可能性が高くなる。氷川は誰かの悪意を感じずにはいられない。

「箝口令《かんこうれい》は敷かれなかったけれど……あのチンピラたちも知っているみたいだから、誰かが言いふらしているのかな？」

当然、卓も周囲の視線に気づいている。

「眞鍋の誰かが言いふらしているの？」

「眞鍋の男は言いふらしたりはしない……はずです」

「……いったい誰が、なんのために？　……まさか、長江組の誰かが言いふらしているとか？」

極道界で義理や人情が廃れて久しいが、戦争の仕方もだいぶ変わり、情報戦を制さなければ勝利は難しくなった。清和が彗星《すいせい》のように現れ、破竹の勢いで制圧した勝因は、サメが率いる諜報部隊の暗躍である。すなわち、情報戦を制した。

「……長江組の可能性が否定できません。だから、姐さんにこうやって二代目の朝メシを買ってもらうことにしたんでしょう」

「祐くん、もう少しちゃんと説明してくれたらいいのに」

氷川は溜《た》め息《いき》混じりに言ってから、風俗店のゴミ山の前で寝息を立てているホストに視線を留めた。吐いたらしく、イタリア製のスーツもシャツもドロドロだ。異臭がなんともはや凄《すさ》まじい。

……あれ？

……あ、と氷川は探るような目で泥酔しているホストを覗《のぞ》き込《こ》む。ブルガリの香水に混じる吐瀉物《としゃぶつ》の異臭がひどく、酔《よ》い潰《つぶ》れたホストにしか見えない。

だが、違う。

「姐さん、酔っぱらいに構っている暇はありません」

「卓くん、あの酔っぱらいはホストじゃなくて情報屋の木蓮《もくれん》だと思う」

氷川が意志の強い目で断言すると、卓は瞬きを繰り返した。

「……情報屋の木蓮？」

「……うん、たぶん、木蓮だ。酔っぱらっているのかな？　本当に吐いたみたいだし……いくら暑くなってきても、こんなところで寝ていたら風邪をひくよ」

木蓮は数少ない一流と目されている情報屋だ。ありとあらゆる手を駆使し、極秘情報を入手する。変装の名人であり、サメは見破れないと公言していたが、氷川はなんとなくだがわかるのだ。今までにも幾度となく木蓮の変装を見破った。

「木蓮なら仕事中でしょう」

卓が険しい顔つきで、酔い潰れているホストに手を伸ばした。

その瞬間、ホストはのろのろと立ち上がった。

「……あ～っ、姐さん、どうしてわかるかな」

木蓮が降参したようにボサボサの髪の毛を掻《か》くと、卓は凄絶な怒気を漲《みなぎ》らせた。手で合図をして、密《ひそ》かに二代目姐を護衛していた眞鍋組構成員たちを呼ぶ。一瞬にして、わらわらと木蓮を眞鍋組の男たちが取り囲んだ。閉店した韓国《かんこく》料理店の窓からライフルで狙っているのは、諜報部隊に所属しているハマチである。

一流の情報屋は袋の鼠《ねずみ》だ。

「木蓮、ここで何をしている？」

卓がきつい目で尋ねると、木蓮はあっさり白状した。

「そんなの、眞鍋組総本部が寒野組総本部になった挙げ句、眞鍋の二代目が殺された、って噂が流れているから」

寒野の奸計《かんけい》により、一時とはいえ、眞鍋組総本部に寒野組の看板が掲げられたのだから、数多《あまた》の闇組織が注目していただろう。現役情報屋が潜り込んでいてもおかしくはない。

「ガセネタだ」

「そのようだな」

「二代目は元気だという噂を流せ」

木蓮が眞鍋の昇り龍の健在を報告すれば、死亡説は払拭《ふっしょく》されるだろう。氷川は卓の案に感心した。

「ホームズ先生じゃなきゃ、今頃、二代目は閻魔大王《えんまだいおう》に無間地獄に叩き落とされていたよな」

木蓮は不敵に言うや否や、風俗店のゴミの山に吸い込まれるように落ちた。正確に言えば、ゴミの山に埋もれていたマンホールの穴に消えた。

「木蓮だ。追えっ」

卓の大声とともに、眞鍋組構成員たちが次から次へとマンホールの穴に飛び降りる。

これらは一瞬の出来事で、氷川は声を出す間もなかった。どこからともなく、パトカーのサイレンが聞こえてくる。

「……す、卓くん？　木蓮は酔っぱらっていたんじゃなかったんだね？」

氷川がやっとのことで言うと、卓は大きな溜め息をついた。

「木蓮は酔っぱらったホストのふりをして、眞鍋の情報を集めていたのでしょう。姐さんのご炯眼《けいがん》、恐れ入りました」

「……こんなところにマンホールがあったんだ。ゴミの山で気づかなかった」

無数のゴミ袋の間にはぽっかりと空いたマンホールの穴がある。木蓮を追うために飛び込んだ眞鍋組の構成員の姿は見えない。

「木蓮が脱出用に細工をしていたのでしょう。眞鍋もマンホールの管理をしていたのに見落とした。担当者のミスです」

「……え？　眞鍋がマンホールの管理？」

氷川が驚愕《きょうがく》で目を瞠《みは》ると、卓は淡々とした調子で言った。

「下水道に潜伏したり、爆発物を仕掛けたり、盗品やシャブを隠したり、いろいろと使われます」

「……あ、そんな……」

「姐さんもマンホール近くに立つことはやめてください」

いつになく青い顔の卓が拉致《らち》の可能性に言及した。いきなりマンホールの穴が空き、中に引きずり込まれるかもしれない。

「僕もマンホールから拉致される？」

「お守りします。必ず、お守りしますが、一応、立つ時や歩く時は注意してください。プロならば、マンホールに立つようにさりげなく誘導します」

思い返してみれば、卓からこんな注意を受けた記憶はない。それだけ、眞鍋組の内情は危険なのだろうか。

「……わ、わかった」

「姐さん、そろそろ戻りましょう」

卓に温和な声で促されて、氷川は足早に歩きだした。朝靄に包まれた眞鍋組のシマも平和とは言いがたい。

そうして、氷川は何事もなかったかのように勤務先に向かった。愛しい男とはガラス越しにも会えなかったが噯《おくび》にも出さない。それが眞鍋の虎《とら》と秀麗な魔女の指示だった。

2

勤務先の明和《めいわ》病院は呆《あき》れるぐらい普段となんら変わらない。

常連患者はいつものように特権階級特有の傲慢《ごうまん》病を併発したり、贅沢《ぜいたく》な愚痴を零《こぼ》したりする。氷川《ひかわ》は担当のベテラン看護師とともに、内科医として冷静に患者をさばいた。

目まぐるしい外来の午前診察を終えた後、医局では妻子持ちの医師たちによる不倫談義だ。相手の女性が違うだけで、話の内容はまったく変わっていない。逆上した不倫相手に刃物持参で乗り込まれても笑い話になってしまう。

ここにいると清和《せいわ》くんの世界が嘘《うそ》に思える、と氷川は仕出し弁当を食べつつ実感した。

医局秘書に淹《い》れてもらった食後のコーヒーを飲んでいると、外科部長と若手外科医の深《ふか》津《つ》が荒い語気で言い合っていた。ふたりとも典型的な外科医気質だが、医局で対立するのは珍しい。

氷川の驚愕《きょうがく》の視線に気づいたのか、外科部長に声をかけられた。

「氷川先生、担当患者の気持ちを優先しろ、って熱血イケメン外科医を説得してくれ」

外科部長が言い終えるや否や、深津が嫌みったらしく言い放った。

「氷川先生、いくら面倒でも逃げるな、って不倫遊びで予定を埋め尽くす女好き外科医を説得してくれ」

深津の端整な顔の歪《ゆが》み具合と言葉には、尋常ならざる怒りが込められていた。外科部長にしても並々ならぬ鬱憤《うっぷん》を抱えているようだ。もっとも、どちらも怒りの矛先はここにはいない第三者に向けられている。それだけは氷川にもなんとなくわかった。

「外科部長も深津先生もいったいどうしたんですか？」

氷川が宥《なだ》めるように尋ねると、外科部長が困惑顔で手を振りながら答えた。

「氷川先生も『ワインは薬』って豪語しているワインオヤジを知っているよな？　一度、風邪で診察している」

「……ワインは薬……あ、覚えのあるセリフです。診察室でイエス・キリストにとってのワインがなんだとか……あ……オペされたんですか？」

強烈な患者だったから、氷川もよく覚えている。瞬時にカルテに記入されていた病名が浮かんだ。

「それなんだよ。それ、そのオペ」

さっさとオペさせろ、という苛立《いらだ》ちが外科部長から伝わってくる。傍らの若手外科医の手はメスを握っているかのように動いた。

「深津先生の担当患者でしたよね？」

氷川が外科部長から若い深津に視線を流す。いつもの爽《さわ》やかさは微塵《みじん》もないが、二枚目ぶりは崩れていない。

「ワインオヤジは俺も外科部長も拒否した。ご指名は速水《はやみ》総合病院の副院長だ」

深津は顰《しか》めっ面《つら》で言ったが、氷川は自分の聞き間違いかと思って焦った。

「……え？　速水総合病院の副院長？　あの天才外科医と評判の？」

「そう、その速水俊英《しゅんえい》先生だ。日本の誇り、って称《たた》えられたプリンス級のゴッドハンドさ」

速水俊英といえば、清水谷《しみずたに》学園の中等部に入学したものの、早くから米国に留学し、神の手を持つと絶賛された天才外科医だ。帰国後、実父が院長を務める速水総合病院の副院長に就任したが、周囲の期待を裏切り、探偵としての道を進み始めたらしい。もっとも、そのおかげで清和と木村《きむら》は助かったのかもしれないが。

「神の手を持つ速水俊英先生ですか」

清和くんと木村先生を助けてくれたゴッドハンド、と氷川は脳裏に風変わりな天才外科医こと探偵を思い浮かべた。

「そうだ。ワインオヤジはあの天才外科医を指名した。その理由はよくわかる。速水俊英先生は正真正銘の天才外科医だ」

深津に秀麗な天才外科医に対するやっかみはまるでなかった。どうも、心から尊敬しているらしい。

「……まさか、速水俊英先生を呼べ、とごねているのですか？」

「よくわかるな」

「無理です」

速水総合病院の院長も清水谷学園大学の医学部を卒業した生粋の清水谷ボーイだが、どんな圧力をかけても難しいだろう。

「……ああ、無理だ。無理だとわかっていても一応、速水総合病院に連絡を入れた。事務長に丁寧に断られたさ。けど、ワインオヤジは納得しない」

「速水総合病院に転院されたらどうですか」

「俺も勧めた。ワインオヤジも速水総合病院に転院しようとしたが、肝心の速水総合病院に断られた」

速水総合病院は政財界の大物や名家御用達《ごようたし》の病院として名高く、入院したくても病室が空いているとは限らない。医療設備といい、スタッフといい、二十四時間体制のセキュリティシステムといい、申し分のない総合病院だと聞いた。

「速水総合病院ならば満室でしょう」

スタッフの待遇もいいから、速水総合病院では退職者が少ないという。清水谷の医局でも人気の派遣先だ。

「……ああ、満室だし、俊英先生はどんなに金を積んでも圧力をかけても、オペどころかセカンドオピニオンも引き受けない。……突っ込んで聞いてみたら、うちにかかる前にワインオヤジは速水総合病院に出入り禁止を食らっていた」

「出入り禁止？」

「看護師に対する態度がひどくて、看護師長が注意したら逆ギレしたらしい。院長が出入り禁止を言い渡した」

気骨のある院長だ、と深津がワインオヤジと名付けたモンスター患者を出入り禁止にした院長を称える。隣の外科部長も同意するように相槌《あいづち》を打った。

「……それでもごねているのですか？」

氷川が楚々《そそ》とした美貌《びぼう》を曇らせると、深津は腹立たしそうに頷《うなず》いた。

「俺や外科部長の手際が悪いから、速水俊英先生のオペが受けられないと被害妄想を爆発させた。明和病院の隠謀をぶちまけてくれたぜ」

「うちの院長の耳に入ったら、追いだしそうですね」

「院長には報告していないが、副院長には相談した」

「副院長も追い出しそうですね」

「……ああ、目の前にいる外科部長はワインオヤジを追いだそうとしている。俺はオペしてから追いだしたい」

副院長と外科部長はモンスター患者を切り捨てようとしているが、若手外科医は救おうとしていた。氷川は真っ直《ます》ぐな外科医に感動してしまう。

「深津先生、外科医のくせにお優しい」

「……おい、氷川先生、いくらなんでもひどいぜ」

「深津先生の気持ちはわかりますが、患者がオペを拒否しているならば仕方がありません。見切りをつけることも必要です」

「俺はワインオヤジの子供に泣きつかれた。高校三年生と高校一年生の子供たちにとっては生きていてもらわないと困る父親なんだ」

深津の表情から切羽詰まった子供たちの事情がひしひしと伝わってくる。氷川は家族による説得を提案した。

「……ならば、そのお子さんたちに説得してもらうしかないでしょう」

「ワインオヤジは家庭内でもモンスターオヤジだから話し合いにならない。子供たちは学費と生活費のために必死だ」

モンスターオヤジは遺族のための生命保険には加入していない、と深津は子供たちから聞いた内情を吐き出した。

「……も、もうなんて言ったらいいのか……けど、モタモタしていたら悪化します。早急にオペしたほうがいいのではありませんか？」

「だから、今、揉《も》めているんだ」

深津は忌々《いまいま》しそうに髪の毛を掻《か》き上《あ》げると、外科部長に視線を流した。見捨てろ、と外科部長の目は雄弁に語っている。

スタート地点に戻ったような気がしないでもない。

昨今、無理難題を要求する患者が問題になっているが、明和病院でも例外ではない。患者の大半は付近に広がる高級住宅街の住人だからやっかいなのだ。いつしか、氷川だけでなく内科部長や眼科部長も真剣に耳を傾けている。

「深津先生、気持ちはわかる。よくわかるが、患者のためにこちらが誠意を尽くしても、ドクハラだと訴えられる」

内科部長が口を挟むと、眼科部長も続けた。

「……そうなんだよ。まったく世知辛《せちがら》い世の中になった。速水総合病院に直接、行かせればいい。門前払いされて、明和の隠謀だと喚《わめ》き散《ち》らすかもしれないが……」

瞬く間に、医局ではモンスター患者に対する緊急会議になった。もはや、誰ひとりとして女性の話題は口にしない。

氷川は口を挟まず、先輩医師たちの意見を聞くだけだ。

もっとも、すぐに病棟の看護師長から呼びだされ、慌てて医局を後にした。なんでも、担当している入院患者が暴れているという。昨今、あちこちでモラル低下が叫ばれて久しいが、病棟でもひどかった。

「土下座で詫《わ》びなさい。ちゃんと謝罪しなさいっ」

担当患者のヒステリックな叫び声が、消毒液の匂いの漂う廊下にまで響いている。氷川はげんなりしたが、背を向けるわけにはいかない。ベテラン看護師長と警備員をふたり連れ、四人部屋に乗り込んだ。

「お静かにお願いします。ここは病院ですよ」

氷川は主治医として接したが、担当患者は鬼のような顔で怒鳴った。

「氷川先生、遅いーっ」

「いったい何事ですか？」

氷川はいっさい動じず、温和な声で尋ねたが、担当患者は横柄な態度で床を差した。

「まず、土下座で詫びなさい。詫びてからです」

白い壁際に立つ担当の看護師は、今にも泣きそうな顔をしている。同室の患者はひとりもいなかった。前々から要注意患者としてカルテに印をつけていたから、スタッフも細心の注意を払っていたはずだ。

「まず、まず、説明してください」

看護師が見舞いの品らしき花籠《はなかご》を褒めた途端、烈火の如《ごと》く怒りだしたという。氷川は連絡を受けた時、激昂《げきこう》の理由がわからなかった。スタッフも誰も見当がつかないらしい。

「けしからん。連絡がまだ届いていないのかね。いったい何をしていたのかね。私を誰だと思っているんだっ」

「ここは病院です。ほかの患者さんの迷惑になりますからお静かに……」

氷川の言葉を遮るように、モンスター患者は怒鳴った。

「それが患者に対する態度かっ。自分の不始末を認め、きちんと謝罪しなさい。そうしなければ君は成長できない。私は君のためを思って言ってやっているんだ。厳しいことを言ってくれる者こそ、大事に敬い、感謝しなさい。私は君を訴えたくないからね」

訴えるぞ、とモンスター患者が威嚇した時、氷川の背後から爽やかな声が聞こえた。

「……氷川先生をいったいどんな理由で訴えるのですか？」

スッ、と氷川の前に濃紺のスーツに身を包んだ青年が立つ。まるでモンスター患者から守るかのように。

「私を蔑《ないがし》ろにした……え？　御園《みその》家の？　御園剛《ごう》さん？」

モンスター患者はスーツ姿の強健な青年を確認した瞬間、顔色を変えた。不遜《ふそん》な声音も一瞬で掠《かす》れる。

「氷川先生に用があって来たら、非常識な患者に絡まれていた。いったい何をしているんですか？」

旧子爵家当主の御園剛はモンスター患者を軽く睨《にら》んでから、氷川には礼儀正しく深々と腰を折った。

あえて、氷川は無言で一礼する。

「……氷川先生と御園家はご関係があるのですか?」

モンスター患者が信じられないといった風情で尋ねると、剛は男らしい顔を派手に歪めて言った。

「氷川先生を訴えるなら、御園家も訴えると思ってください。ついでに清水谷の柔剣道部も訴えることになります。おわかりですね」

剛は生粋の清水谷ボーイだし、柔道部に所属していたから今でも清水谷学園関係者との繋《つな》がりが強い。かつては集めた清水谷学園関係者とともに眞鍋《まなべ》組とやり合った。ヤクザ相手でも怯《ひる》まない猛者《もさ》だ。

「……い、いやぁ……氷川先生と御園家におつき合いがあるとは露知らず、失礼しました。氷川先生は若いながら立派にやっておられます」

「つい先ほど、謝罪だの、土下座だの、訴えるだの、聞こえてきましたが? 廊下にいても聞こえましたよ」

「……いやぁ、滅相もない。女房ともども御園家にはお世話になりっぱなしです。また後日、女房に挨拶《あいさつ》に伺わせますから、どうかよしなに……」

拍子抜けするぐらいあっさり片づいた。……いや、御園家当主がいたから処理できたのだろう。氷川だけでは鎮められなかった。とりあえず、今後も取扱要注意の患者だ。

説教はベテラン看護師長と警備員に任せ、氷川は剛とともに病室から離れた。テレビや給湯設備がある談話室には患者や見舞客がいるので、長い廊下の端にあるちょっとした談話スペースの長椅子《ながいす》に腰を下ろす。

「剛くん、ご無沙汰《ぶさた》しています。助かりました」

氷川は礼を言ってから自動販売機で買った紙コップのコーヒーを剛に手渡した。ほんの感謝の気持ちだ。

「氷川先生、あいつ、また暴れたらいつでも連絡をください」

剛は青い空を連想させる笑顔を浮かべ、紙コップに注がれたコーヒーを飲んだ。

「ありがとう……で、どうされたんですか？」

「眞鍋の鬼畜男が殺されたと聞きました。これで氷川先生を縛るものはない。戻ってきてください」

剛の言葉に驚き、氷川は手にしていたコーヒーを落としそうになってしまう。間一髪、白衣にコーヒーの染みは免れた。

「……は？　眞鍋の鬼畜男？　まさか、清和くんのこと？」

氷川が裏返った声で聞くと、剛は憎々しげに頷いた。

「あの鬼畜男が殺されたのは天罰です。御園家の当主は氷川先生です。俺が信用できる機関で改めてＤＮＡ鑑定させてください」

ぼたん雪が降りしきる極寒の日、施設の前に捨てられていた赤ん坊が氷川だ。実の両親の顔どころか名前も知らずに育ったが、旧子爵家の跡取り娘である御園白妙《しろたえ》と富豪の筑紫《つくし》家当主の間に誕生した息子だったらしい。ただ、眞鍋組の参謀の裏工作により、血縁関係は否定された。それなのに、御園家当主は氷川を白妙の遺児だと信じ、躍起になっていた。自分が御園家の養子に望まれた理由を熟知しているからだろう。

「……清和くんは生きています。元気ですよ」

氷川が諭すように言うと、剛は悲しそうに顔を歪めた。

「眞鍋組に嘘をつくように言われているんですか？」

「嘘じゃない。清和くんは助かりました。いったい誰からそんな嘘を聞きました？」

「調査会社の報告です」

先々代の御園家当主より、白妙の遺児を探すため、評判のいい調査会社を使っていたという。結局、氷川に辿《たど》り着《つ》いたのは調査会社ではなく、剛が独断で依頼した清水谷学園仲間の便利屋の毎日サービスだった。

「調査会社のミスです」

無能でしょう、と氷川はガラス玉のような目で揶揄《やゆ》する。

「清水谷の武道系ネットワークでも、眞鍋の二代目組長が殺されたと流れました」

「清水谷の武道系のネットワークなら警察関係者や自衛隊関係者が多いのかな？」

EV

剛の一声で動く清水谷関係者たちに、清和ら眞鍋の男たちは神経を尖《とが》らせていた。先輩には警察のキャリアや自衛隊幹部、内閣情報調査室勤務もいるから侮れない。

「はい。眞鍋の二代目組長が新興ヤクザの寒野《かんの》組の初代組長に刺された、と……腕のいい外科医も一緒に刺されたから助からなかった、と……」

「電話？　ラインかな？」

「電話もありましたが、ラインでも流れてきました」

信じられないなら見てください、と剛はスマートフォンのライン画面を見せた。一般人とは思えないメッセージが飛び交っている。

『寒野禮《れい》は最初から死ぬ気で眞鍋組の二代目組長を狙《ねら》った。バックは関西の長江《ながえ》組』

『寒野禮は本懐を遂げた。二代目を刺した長刀には毒薬を塗っていた』

『寒野禮は寒野愚連隊八代目直系』

『寒野禮は橘高《きったか》顧問の兄貴分の支倉《はせくら》組長の愛人の息子だ。支倉組長は愛人を踏み台にして出世した。若くて金のなかった橘高顧問も支倉組長の愛人の金で助けられている』

『眞鍋組は仁義を重んじるヤクザだ。橘高顧問がいるから、昔の恩で寒野禮は処理できないだろう。支倉組長も詫びを入れたから、眞鍋と支倉組の戦争も眞鍋と寒野組残党の戦争もない。二代目を殺されて、報復しなかったら、眞鍋組はヤクザとして終わり』

『寒野組の構成員の大半は東南アジア系不良。覚醒剤《かくせいざい》の売買で金を稼いだ。マトリがマークしていたが、尻尾《しっぽ》を摑《つか》めなかったらしい』

『寒野組の若頭はホストクラブ・ジュリアスのナンバーワンの暴走族時代の仲間で仲がいい。眞鍋組のショウや宇治《うじ》、ホストクラブ・ダイヤドリームのトップとも暴走族仲間だった。小さな子供がいるから恩情をかけられるだろう』

『当分の間、二代目の死亡は隠すはずだ』

二代目の死亡以外、正しい情報ばかりだ。氷川は今さらながらに清水谷の団結力の強さに感心する。

「確かに、清和くんは怪我《けが》をしましたが、命に別状はありません。そんな大嘘に惑わされないでください」

「夏目《なつめ》や浩太郎《こうたろう》からも聞いた」

剛が便利屋のふたりの名を出したから、氷川は驚愕で紙コップを握りつぶしそうになった。危ないから飲み干してしまったほうがいい。

氷川はコーヒーを一気に飲み干してから、胡乱《うろん》な目で尋ねた。

「……毎日サービスの夏目くんや浩太郎くんまで？」

「夏目はソーセージだとかハンバーグだとか生ハムだとか、わけのわからないことで勢い込んでいました。眞鍋の鬼畜男が死んだから、氷川先生の『お母さんの台所』プロジェクトは成功するとか？」

剛は何がなんだかわからないといった顔つきで、氷川が夏目や信司《しんじ》とともに奮闘していた『お母さんの台所』プロジェクトに言及した。おそらく、夏目の要領を得ない説明に困惑している。

「僕も『お母さんの台所』プロジェクトは成功させる予定ですが、清和くんは元気です。夏目くんに伝えてください」

「死んでいなくても、怪我をしているなら、今が逃げるチャンスじゃないですか？」

ラインにも『眞鍋組に囚《とら》われている愛人を助けだすなら今だ』という類《たぐ》いのメッセージが多い。確かめるまでもなく、二代目の死亡により、眞鍋組内部が揺れ、外敵の侵入があると踏んでいるのだろう。柔道部ＯＢの刑事は不夜城の統治権を巡る戦争を予想していた。長江組の進出を書き込んでいる現役の刑事もいる。

「剛くん、未《いま》だに誤解しているのですか？」

僕は清和くんを心から愛しています、と氷川は最愛の男に対する想《おも》いを口にした。

一瞬、ふたりの間に静寂が走る。

どこからか聞こえてきた子供の甲高い声により、剛は悲痛な面持ちで沈黙を破った。

「恩を仇《あだ》で返したクソガキの話は、浩太郎や夏目からさんざん聞かされました」

「……恩を仇で返したクソガキの話？　誰の話？」

「あばずれ女やヒモに虐待されて、守ってくれた近所の優しいお兄ちゃんを成長してからレイプした鬼畜の話」

剛が憎々しげに語った話に、ようやく氷川は思い当たった。

清和は眞鍋組初代組長の息子として誕生したが、実母が愛人としての立場を弁《わきま》えず、姐《あね》の座を狙って騒動を巻き起こしたから捨てられた。実母に構ってもらえず、入れ替わるヒモに暴力を振るわれていた清和を何かと庇《かば》っていたのが氷川だ。

「……それは僕と清和くんの話じゃないから」

あの頃、無用となった養子の氷川も辛《つら》い日々を送っていた。心のよりどころが、幼い清和だった。支えられていたのは孤独な氷川少年だ。

「レイプじゃなきゃ、なんですか？」

思いがけない再会を果たした時、可愛《かわい》い男児は頑強な極道を従える眞鍋の昇り龍になっていた。

弟だとばかり思っていた清和に押し倒されたから驚いた。それでも、レイプではないと断言できる。

「……わかってくれたと思っていたのに……剛くんはそんなわからずやだった？」

氷川が寂しそうな目で訴えると、剛は慌てたように俯《うつむ》いた。苦しそうに手を振る。

「白妙さんと同じ顔でそういうセリフはやめてください」

「僕と白妙さん、そっくりだね。他人の空似って本当にあるんだ」

「他人じゃなくて実の母と子だってバレバレですよ」

剛は吐き捨てるように言ったが、氷川は艶然《えんぜん》と微笑《ほほえ》んだ。

「残念ながら僕は御園家とはなんの関係もないから」

「信用できる機関でＤＮＡ鑑定させてください」

「何度しても結果は変わらない。時間の無駄です」

どんな機関であっても、祐《たすく》が裏工作に奔走するだろう。氷川にはそんな確信があった。清和のためにも、眞鍋のためにも、御園家のためにも、筑紫家のためにも、血縁関係はないほうがいい。

「御園家に戻る気はありませんか？」

御園家は新しい当主を迎える準備が整っている。剛には当主の座に対する未練が微塵も感じられない。人が人としての心を失った昨今、希有《けう》な好青年だ。

「僕が戻る場所は清和くんの隣です」

「……あの鬼畜男にそんなに惚《ほ》れているんですか？」

剛に悔しそうな顔で尋ねられ、氷川は満面の笑みを浮かべた。

「そうだよ」

たぶん、僕は白妙さんの息子だ。

剛くんが御園家と血縁関係のある親戚《しんせき》なら僕とも血が繋がっているのかな。

親戚の子かな、と氷川はまじまじと凛々《りり》しい青年を見つめた。いかにもといった清水谷ボーイの典型だ。友人が多いわけがよくわかる。

今まで親戚という存在がいなかったからいろいろな意味で新鮮だ。弟が増えたような気分になる。清和が知ったら妬《や》くだろうが。

「鬼畜男のどこがいいんですか？」

「僕の清和くんは誰よりも可愛い。ひとつずつあげていったら時間が足りない」

今まで僕はどうやってひとりで生きてきたんだろう。

僕は清和くんがいないと生きていけない。

氷川家でも辛かったし、氷川家を出た後も辛かったけれど、こんな気持ちにはならなかった、と氷川は改めて最愛の男に対する想いを嚙《か》み締《し》める。

「どうすれば氷川先生のマインドコントロールが解かれるんだろう」

「僕、マインドコントロールされていない。どうしたらわかってくれるのかな？　わかろうともしていないよね？」

「わかりたくもねぇ」

剛は苦虫を嚙《か》み潰《つぶ》したような顔で本心を漏らした。誰にどのように説明されても、理解したくないのだろう。

「……君、そんな頭の固いタイプじゃないはずなのに……」

親戚のよしみか、頑固っぷりに参ったのか、無意識のうちに氷川の指は剛の頭部を軽く突《つつ》いていた。

そんな氷川に触発されたらしく、剛もサラリと恋心を明かした。

「氷川先生に一目惚れした」

間髪を入れず、氷川は真顔で否定した。

「それは気の迷いです」

「本気」

わかっているだろ、と剛は恋する男の目で挑むように続けた。熱い血潮が流れる男の灼熱《しゃくねつ》の想いがひしひしと伝わってくる。

だが、氷川はなんでもないことのようにサラリと躱《かわ》した。

「僕が白妙さんに似ているから惑わされたのでしょう」

「俺、氷川先生のためなら命を捨てます」

本気だとわかっている。

剛が本気だとわかるから、人の命を預かる氷川は許せない。生きたくても生きられなかった患者たちを数え切れないぐらい送ってきたから。

「人の命を預かる医者の前でそんなことを軽々しく言わないでください」

氷川が険しい顔つきで咎《とが》めると、剛は感嘆したように言った。

「医者としての氷川先生にも惚れた」

「君、今日は告白しに来たのですか？」

氷川が苦笑を漏らすと、剛はバツが悪そうに頭を掻いた。

「鬼畜男が殺されたと聞いたから迎えに来たんです」

「清和くんは元気です。情報源に伝えておいてください」

これ以上、不夜城の覇者の死亡説が広まらないようにしなければならない。氷川は清水谷のネットワークに頼る。

「……鬼畜男の心臓に突き刺さったと聞いたのに……眞鍋組が長江組にやられるとか、寒野組と支倉組に呑《の》み込《こ》まれるとか、さんざん言いやがったくせに……眞鍋の三代目はリキとかいう元剣士だから話が通る、って……あいつら……」

剛は忌々しそうな顔で情報源である清水谷関係者を罵《ののし》った。白妙の遺児を守りたがっている男の焦燥が発散される。

「清和くんは大事を取って療養させています。食欲もあるから大丈夫です」

そろそろお帰りなさい、とばかりに氷川は自分の腕時計を確かめた。その仕草で剛もわかったらしい。

「……今日は帰りますが、いつでも連絡をください」

「ありがとう」

「繰り返します。御園家と清水谷が氷川先生の味方でいることを忘れないでください」

剛は一礼してから去っていったが、氷川は複雑な気分だ。おそらく、護衛についている眞鍋組関係者にしてもそうだろう。

いったい清和くんのどんな噂《うわさ》が流れている？

誰かが清和くんの訃報《ふほう》を流している？

長江組が清和くんの訃報を流して、騒動を起こそうとしている？

眞鍋組のシマの取り合いの戦争を起こそうとしている？

情報戦の真っ最中なのかな、と氷川は心の中で問いかけたが、答えは見つからない。院内に潜んでいる眞鍋組関係者に尋ねる気にもならない。何より、そんな余裕はない。入院患者の回診の時間になり、足早に病棟に向かった。


タイミングが悪いというのか、タイミングがいいというのか、どちらか定かではないが、その夜、氷川は当直だった。祐やリキに当直を交替してもらうように指示されてはいない。眞鍋組が牛耳る街に帰らず、予定通り、氷川は当直をこなす。救急車で搬送されたない。喘息《ぜんそく》患者や肺炎の患者にも適切な処置を施した。高熱の子供が搬送されて参ったが、病棟に小児科医が残っていたから助言をもらって処置した。交通事故の患者は搬送されず、無事に当直を終える。

長江組の影どころか暴力団関係者の影は少しも感じなかった。いつもとなんら変わらない当直明けだ。

シャワーを浴びて、早朝の会議に出席し、入院患者の朝の回診を行う。息をつく間もなく、外来の午前診察に突入した。

「氷川先生、私には但馬《たじま》牛のカツサンドとフォアグラのステーキを食べる楽しみしかありません」

栄養指導を受けても美食を諦《あきら》められない患者は定番と化している。ここまで来ると、呆れを通りこして感心してしまう。

「食事以外の楽しみを見つけましょう」

「……では、きき酒を生《い》き甲斐《がい》にします」

「お酒は論外です」

次から次へと医者を医者とも思わない傲慢な患者がやってくる。息をつく間もない忙しさに、最愛の男を案じ、思い悩む間もない。もっとも、それがかえってよかった。仕事に忙殺されていなければ、不安で押し潰されていたかもしれないから。

3

当直の内科医長が急に体調を崩し、急遽《きゅうきょ》、氷川《ひかわ》は連続で当直をこなした。心身ともに疲弊しているが、研修医時代に比べたらなんてことはない。救急患者の搬送が少なかったので充分な睡眠時間が取れた。

連続の当直をこなした後、予定通り、午前の外来診察をこなす。病院内にこれといった異変はない。眞鍋《まなべ》組のみならずほかの暴力団の影もないし、テレビやネットのニュースで暴力団の抗争事件は流れていなかった。

仕事を終え、深い緑に覆われた待ち合わせ場所に行くと、送迎用のメルセデス・ベンツの前で桐嶋《きりしま》組の初代組長である桐嶋元紀《もとき》と藤堂和真《とうどうかずま》が立っていた。どちらも氷川を見た瞬間、深々と頭を下げる。

「姐《あね》さん、お疲れ様です」

今の桐嶋には眞鍋組構成員のような雰囲気が流れている。想定外の人物に氷川は思いきり困惑した。

「……え？　桐嶋さんと藤堂さん？　どうして？」

「そんなん、俺は姐さんの舎弟や。たまにはアッシーさせてぇな」

桐嶋は人好きのする笑顔を浮かべ、傍らの藤堂はいつもと同じように泰然と微笑《ほほえ》んでいる。本来の送迎係のショウは言わずもがな眞鍋組構成員がひとりもいないから、トラブルが発生したことは間違いない。氷川にも思い当たることがある。

「……とうとう長江《ながえ》組と戦争？」

「とりあえず、乗ってぇや」

桐嶋にやんわりと促され、氷川は広々とした後部座席に乗り込んだ。白いスーツに身を包んだ藤堂も続く。

「姐さん、お疲れ様でした」

かつての清和《せいわ》の宿敵が艶然《えんぜん》と微笑むが、氷川の胸騒ぎは増すばかり。

「藤堂さん、何があったんですか？」

「今夜、姐さんをお迎えに上がる名誉をいただきました」

「大変なことが起こった？」

氷川が沈痛な面持ちで尋ねたが、藤堂は涼しそうな目を細めるだけだ。桐嶋が周囲に注意しながら運転席に座った。

「出すで」

桐嶋は一声かけてから、アクセルを踏む。氷川を乗せた黒塗りのメルセデス・ベンツは難なく夜の帳《とばり》に覆われた空き地を後にした。

車内にはなんとも形容しがたい空気が流れる。

「いったい何があったのか、ちゃんと教えてほしい」

氷川がきつい声音で言うと、桐嶋がナビのモニター画面を眺めつつ答えた。

「姐さんがべっぴんさんやから心配なんや」

「……そのセリフだったら……御園剛《みそのごう》くんが病院に来たことを知っているね？　そのこと？」

「あないに熱く告白させたらあかん」

案の定、桐嶋も病院内での出来事を把握している。おそらく、眞鍋組と情報を共有しているのだろう。

「剛くんに何かしたら許さない……って、桐嶋さんはそんな狭量じゃないよね？」

桐嶋は『花桐《はなぎり》』という関西で伝説の極道の息子だが、辛苦に満ちた人生を歩んだ後、藤堂組の後を引き継ぐ形で桐嶋組の看板を掲げた。氷川の問答無用の力業によるものだが、桐嶋は自身の漢《おとこ》っぷりで桐嶋組を回している。関東の大親分にも気に入られ、清和や眞鍋組ともいい関係を築いていた。

「眞鍋の色男なら剛ちゃんにヒットマンを送っとうで」

不夜城の支配者はその気になればいとも簡単に人の命を奪える。それこそ、病室で医療機器に繋《つな》がれている状態でも可能だ。

「絶対に駄目」

「まぁ、俺も剛ちんはお気に入りや。眞鍋の色男が絶対安静中でよかったわ」

眞鍋組二代目組長夫妻の結婚式で、藤堂が花嫁の介添え役を務めたこともあり、桐嶋が荒れる剛を宥《なだ》めたらしい。意外にもふたりは気が合ったそうだ。

「それで、何があったの？」

「京介《きょうすけ》ちんにタルト・タタンとかりんとう饅頭《まんじゅう》をプレゼントしに行くんや。姐さんもついてきてほしいんや」

寒野《かんの》の一件がこじれた最大の理由はタルト・タタンとかりんとう饅頭だった。……らしいが、定かではない。ただ、ショウが居候としての立場を普段からまったく弁《わきま》えず、京介が楽しみにしていたスイーツを平らげてしまったことは確かだ。

「京介くんにタルト・タタンとかりんとう饅頭？　ショウくんにプレゼントさせたほうがいいと思う」

「京介ちんは姐さんの舎弟や。姐さんがプレゼントしてぇな」

「……桐嶋さん、さっさと吐きなさい」

桐嶋が話を誤魔化そうとしていることはわかりきっている。氷川は白皙《はくせき》の美貌《びぼう》を強張《こわば》らせ、助手席の背もたれを叩《たた》いた。

「姐さん、俺も魔女が怖いんや。勘弁してぇな」

「祐《たすく》くんは僕に何を隠そうとしているの？」

「眞鍋の虎《とら》の初恋物語や」

想定外の桐嶋の言葉に、氷川は後部座席から摺《ず》り落《お》ちそうになったが、すんでのところで藤堂の手によって支えられる。

「……え？　リキくんの初恋？　あのカチコチのリキくんのこと？　石頭のリキくんのことじゃないね？」

どこかほかのリキの話ではないか、と氷川は怪訝《けげん》な顔で聞き返した。眞鍋の虎は石や木でできているともっぱらの評判だ。初代・松本力也《まつもとりきや》の初恋かもしれない。

「高徳護国流《たかとくごこく》の門弟で美少女アイドルみたいなごっつい可愛《かわい》い先輩剣士がおったんやって。今は美術館の館長やっとんやけど、なんやいつものカチコチの虎ちゃうんや。みんな、びっくりしとうで……俺もびっくりしてパパイアでお好み焼きを作ってもうたわ」

桐嶋の声音はいつになく興奮しているし、隣にいる藤堂の典麗な目も揺れている。どうやら、氷川の知らない眞鍋の虎がいるらしい。

「リキくんがどう違うの？」

「そんなん、いつもやったら高徳護国流の門弟が絡んできてもドライなんに、その可愛い館長にはごっつい情が入りまくりなんやて。クソ忙しくて猫の手も借りなあかん時に、可愛い館長のために貴重な兵隊を使おうとしたんや。そのうえ、可愛い館長を助けるために戦争覚悟でヤバい組織に仕掛けたんや」

あのカチンコチンの修行僧がびっくりやで、と桐嶋は荒い鼻息で続けた。藤堂の綺麗《きれい》な目がさらに揺れる。

「……恋？　池に泳いでいる鯉《こい》じゃないの？　あの苦行僧みたいなリキくんがドキドキする恋？」

「姐さんのオヤジギャグはめっちゃキュートや」

氷川にオヤジギャグを飛ばしたつもりは毛頭ない。ただ、幸福を頑《かたく》なに拒んでいるような修行僧の恋話に動揺しただけだ。

「……オヤジギャグじゃないけれど、リキくんだったらそっちの恋じゃなくて、池に泳いでいる鯉だと思う。錦鯉《にしきごい》とか」

「わかるで。あのイ〇ポ疑惑確定の虎やから、俺も鯉のぼりや鯉の洗いを連想したわ」

「……そ、それでリキくんの恋は？　僕と清和くんみたいな恋？」

「……ほんで、今夜、色恋のプロに確かめたいんや。実は俺もカズも眞鍋の奴《やつ》らも誰も判断できへんねん」

「京介くんに？」

「ジュリアスのオーナーの意見が聞きたいんや」

確かに、ホストクラブ・ジュリアスのオーナーはメディアで何度も特集を組まれている京介以上のプロだ。

「……二階堂正道《にかいどうまさみち》くんは？」

リキを諦《あきら》めようとしても諦められず、苦しんでいる警視総監候補が氷川の眼底に真っ先に浮かぶ。人としての血が流れていないような氷の美貌の持ち主だ。

「……それ、それ、それ、そっちもなんや。その氷姫ともなんか今までとちゃうんか、同じなんか、ようわからんことになっとうみたいなんや」

「……どういうこと？」

「石頭の本命はどっちやと思う？」

「桐嶋さん、言っていることがわからない……あ、わざとわからないようにしているの？」

氷川は根本的な問題から逸《そ》らそうとしている桐嶋に気づいた。そうでなければ、信憑《しんぴょう》性《せい》の薄いリキの恋話を話題にしたりしないだろう。

「姐さん、俺らも石頭の初恋物語には脳ミソとガラスのハートが破裂して、ハンバーグになって、ＵＳＡのお子ちゃまに食べられてもうたんや。あれはマジにどないなっとんのかな？　氷姫とラブホに入ったのも可愛い館長を助けるためやんなぁ？　竿師《さおし》時代でも俺はあんなセリフを客に言わんかったのに虎が……あのイ○ポ疑惑が確定していた虎が竿師顔負けのセリフをぶちかましてラブホに突入や」

桐嶋は頬《ほお》を真っ赤にして一気に捲《まく》し立《た》てたが、氷川の謎《なぞ》は深まるばかりだ。

「桐嶋さん、ますますわからない。わからないようにわざとおかしなことばかり言っているね？　……え？　……な、何？」

いつの間にか、氷川を乗せた車は何台もの大型バイクに囲まれていた。靡《なび》く旗には『BLOODY　MAD』のロゴが刻まれている。狂犬と名高い相川奏多《あいかわかなた》が率いる暴走族だ。ヤクザよりタチが悪いって噂《うわさ》の暴走族、と氷川の背筋が凍りつく。こうやって囲まれるのは二度目だ。

「……あ、現れよったわ。狂犬軍団にはお灸《きゅう》を据えたらなあかんな」

想定内らしく、桐嶋はモニター画面を操作しながら、進行方向に見えた駐車場に車を進める。

当然のように、暴走族もついてきた。大型バイクから降りたライダースーツ姿の男たちの手にはそれぞれ、鉄パイプやジャックナイフが握られている。後部座席のドアに金属バットを手にした男たちがのっそりと近づいた。

ガンガンガンガンッ、と金属バットで車体を叩く。

氷川は恐怖で身体《からだ》を竦《すく》めたが、特別注文のメルセデス・ベンツは頑丈だ。金属バットや鉄パイプぐらいでダメージは受けない。

「元紀、待ちたまえ」

藤堂が柔和な声で止めると、桐嶋の凜々《りり》しい顔が派手に歪《ゆが》む。

「カズ、奏多のクソガキにチュウはあかんで。あんなクソガキにチュウするんやったら俺にチュウせぇ。クソガキにチュウせんで納得させられるんやな？」

「姐さんを頼む」

「頼まれんでも姐さんは守る。問題はお前のチュウや」

「任せたまえ」

藤堂はいつもとなんら変わらず、車体が激しく叩かれる中、紳士然とした態度で車から降りた。

その途端、金属バットや鉄パイプの攻撃がピタリと止まる。総長である奏多が制止の指示を出したのだ。

桐嶋が運転席に設置している精密機械のスイッチを操作すると、藤堂と暴走族の会話が聞こえてきた。

『奏多、久しぶりだ。元気にしていたか？』

藤堂が親しい友人に会ったかのように声をかけると、奏多は鉄パイプをこれ見よがしに肩に担いだ。

『藤堂さん、どうしてこんなところにいるんだ？』

『そのセリフはそっくりそのまま返す』

『眞鍋の二代目が殺されたって聞いた。三代目に挨拶《あいさつ》しに来ただけさ』

三代目、と奏多が鉄パイプを向けた先は、特別注文のメルセデス・ベンツに守られている眞鍋組の二代目姐だ。

僕が三代目、と氷川は仰天したが、運転席の桐嶋も奏多と向き合っている藤堂も平然としていた。

『奏多らしくもない。偽の情報に惑わされたな』

『眞鍋の二代目と木村《きむら》のオヤジは、支倉《はせくら》組長の息子に殺されたんだろう？』

『生憎《あいにく》、無事だ。姐さんが心配して、二代目は大事を取って療養している』

『姐さんが眞鍋組の三代目だろう？』

『奏多、情報網を見直したほうがいい。二代目は無事だし、三代目は姐さんではない』

ポン、と藤堂は宥《そ》めるように奏多の肩に手を置いた。心なしか、奏多のナイフそのものといった雰囲気が削がれる。

僕が抱きついた時の清和くんみたい、と氷川は狂犬と揶揄《やゆ》される暴走族トップの恋心を確認した。血に飢えた狂犬が恋する少年に見えるから重症だ。

『藤堂さん、誤魔化すな。姐さんは眞鍋組を解散させたがっているんだろう？　関西の長江組にシマを高く売りつけるつもりだって聞いたぜ』

『奏多、俺は君が心配になってきた。君まで偽の情報に惑わされてどうする』

藤堂は優しく奏多の広い肩を抱き直した。傍《はた》から見れば、男同士のよくある触れ合いだが、氷川の背筋に冷たいものが走る。

藤堂さん、その狂犬って仇名《あだな》の総長は危険だ。

本気だよ。

本気でその狂犬は藤堂さんが好きだよ。

イジオットのウラジーミルにも好かれているのにどうするの、と氷川は罪作りな紳士に息を呑《の》んだ。今に始まったことではないが、藤堂の魔性の男っぷりはひどい。

運転席の桐嶋は並々ならぬ自制心で耐えているようだ。スマートフォンでどこかと連絡を取り合っている。

『全部、嘘《うそ》か？』

狂犬と恐れられている総長も、優婉《ゆうえん》な紳士の言葉はすんなりと信じるようだ。藤堂は奏多の肩に置いていた手を後頭部に上げた。

『……ああ、どこかの組織の情報操作に乗せられたな』

『……シめる』

『誰をシめるのかあえて聞かないが、進展があったら教えてほしい。俺は君が心配になってきた』

『俺をナめるな。心配されるようなことは何もない』

今にも奏多は藤堂にキスをしそうな雰囲気だ。もっと言えば、キスを命令しそうなムードだが、桐嶋は鬼のような顔で車窓の向こう側にいる藤堂を睨《にら》み据《す》えている。たぶん、藤堂も気づいているはずだ。

「桐嶋さん、怒らないで」

無意識のうちに、氷川の口から飛びだしていた。しかし、二代目姐の舎弟を名乗るヤクザの返事は返事になっていなかった。

「……カズ、狂犬にチュウしたらあかんで……これ以上、狂犬に勘違いさせせんな……狂犬までトチ狂わせるな……結局、狂犬はお前に惚《ほ》れとうだけやんか。ロシアの白クマもガタガタうるさいのに、ここで狂犬まで絡んできたら東京は火の海やで……姐さんの爆弾投下よりひどいことになんで……チュウすんな……チュウはあかんで……タッチサービスもさせたらあかんで……ケツは死守せなあかん……あの頃、なんのためにお前のケツを守ってやったと思っとるんや……こんなことやったら、俺がお前のケツを独占したらよかった……俺としたことがぬかったわ……まさか、こないにお前のケツを狙《ねら》うヤバすぎる奴が増えるとは思わへんかった……魔女もお手上げで相談に乗ってくれへんねんで……ダイアナが奏多の対処法を伝授してくれたけど、この分やったら効果はないと思うわ……」

桐嶋の呪詛《じゅそ》にも似た言葉が通じたのか、藤堂は奏多をキスで宥めることもなく、綺麗に引かせた。

名うての狂犬が率いる暴走族が凄絶《せいぜつ》な爆音とともに去っていく。

「……よ、よかった……」

氷川がほっと胸を撫《な》で下《お》ろすと、桐嶋は無言でスマートフォンを操作した。瞬時に桐嶋の雰囲気が一変する。

「姐さん、お待たせしました」

藤堂が何事もなかったかのように車内に戻ると、桐嶋はスマートフォンの操作を終えた。おそらく、眞鍋組と連絡を取り合っていたのだろう。

「……おっしゃ、出すで」

桐嶋が周囲を確認してから発車させたが、ここで氷川もようやく気づいた。

「……ひょっとして、暴走族の襲撃を止めるために迎えに来てくれた？」

氷川は横目で端麗な紳士を眺めながら聞いた。藤堂は何も知らないような顔をして、なんでも知っている策士だ。部下に恵まれていたならば、極道としての天下を狙えたかもしれない。

「姐さんがお心を煩わせることではありません」

「藤堂さん、誤魔化さないでほしい。清和くんの死亡説は僕も聞いている。清和くんの死亡説に加えて、僕の三代目就任説まで流れている？　それで恐ろしい暴走族まで襲撃に来たの？」

今夜、ショウや宇治《うじ》など、眞鍋組関係者がひとりもいないことに納得する。

藤堂の隣に眞鍋組構成員がいれば、奏多もメンツのため引くに引けず、凄烈《せいれつ》な大乱闘を繰り広げていたかもしれない。氷川のそばには桐嶋と藤堂だけだったから、奏多はすんなりと退却したのだろう。

「二代目はおひとりではなく木村先生とともに刺されました。噂に尾鰭《おひれ》がついても仕方がありません」

「……うん、それはわかっている。それで？」

「二代目の窮地だと騒ぐ輩《やから》が多い」

藤堂特有のテクニックに、氷川は翻弄《ほんろう》されているような気分だ。決して真実を明かそうとはしない。

「それもわかっている。わかっているから。……それで？　いったい何がどうなっている？　こうやって暴走族に僕が狙われることが起こっているなら誤魔化さずに教えてほしい」

「魔女でも二代目の死亡説を止められない。そういうことです」

人の口に戸は立てられない、と藤堂の涼やかな目は雄弁に語っている。氷川自身、噂に尾鰭がつくことはよく知っているけれども。

「祐くんでも止められない？」

どんなに楽観的に考えても、清和の死亡説が流れ続けるのは危険だ。氷川は即急に手を打たない策士に疑問を抱いた。

「魔女のことですから本気で止める気がないのかもしれません」

「どうして？」

「魔女の真意は量りかねる」

「藤堂さんなら祐くんの本心がわかるはず」

氷川が白い頬を紅潮させて断言すると、藤堂は軽く口元を緩めた。

「俺にも魔女の心は謎です」

「……じゃ、質問を変える。長江組は寒野組が解散しても、撤退していないんだね？　もう眞鍋組と長江組の戦争が始まっている？」

藤堂や桐嶋は長江組と関係があったから、何か摑《つか》んでいるかもしれない。氷川にはそんな確信があった。

「水面下では始まっています」

藤堂特有の言い回しを氷川は直感で読み取った。

「その様子だったら負傷者はまだ出ていない？」

「眞鍋組のシマで関西弁を喋《しゃべ》る男にショウが殴りかかろうとします。止めるのが大変な模様」

藤堂が語る眞鍋の特攻隊長の行動が、氷川には容易に想像できる。単純単細胞アメーバの冠がつく所以《ゆえん》だ。

「関西弁を喋る男ってことは長江組関係者？」

「長江組関係者に雇われた男だと推測しています」

「ショウくんは相変わらず無鉄砲……」

氷川が鉄砲玉の鉄砲玉らしい行動に白皙の美貌を曇らせると、桐嶋はスピードを下げながら口を挟んだ。

「姐さんにだけは言われたくない、とショウちゃんが言うとうで」

「桐嶋さん、心外です」

氷川が目を吊《つ》り上《あ》げた時、桐嶋がハンドルを握る車は眞鍋組が支配する街に入った。支配者の死亡説が流れていても、不夜城はいつもとなんら変わらない。ギラつくネオンの下、人の欲望を受け止めている。

……いや、今までに見なかった光景が氷川の視界に飛び込んできた。アオザイが飾られたベトナム料理店の前では、眞鍋組構成員にいかにもといった風貌《ふうぼう》のヤクザが何度も頭を下げている。ランジェリーショップの前では眞鍋組の若手構成員に、どこかのチンピラが詫《わ》びていた。

「……え？　あれは何？　いやらしいお店の前にいたのは吾郎《ごろう》くんと卓《すぐる》くんだよね？」

氷川が車窓の向こう側を差すと、桐嶋はハンドルを左に切りながら答えた。

「支倉組の組員たちのお詫び行脚《あんぎゃ》や」

「支倉組の組員たちのお詫び？　……あ、寒野さんの件のお詫び？」

「そうや。支倉組長直々に眞鍋組総本部にやってきて、幹部と一緒に詫びを入れたうえに、下っ端の組員まで眞鍋の男を見たら詫びを入れとう」

どうやら、支倉組はトップから末端の構成員まで眞鍋組に謝罪しているそうだ。支倉組長が迅速に謝罪したのは聞いていたが、そこまでしていたとは知らなかった。氷川は変なところで感心してしまう。

「支倉組は律儀なんだ」

「……まぁ、支倉組長は橘高《きったか》のオヤジの兄貴分やしな。眞鍋の色男をベタ褒めしとったから、立つ瀬がないんやろなぁ」

「支倉組長は寒野さんのお母様にひどかったと聞きました。寒野さん本人も苦労させられたとか？」

涼子《りょうこ》が語った寒野の実母の人生は悲惨だった。極道に尽くすだけ尽くし、ありとあらゆるものを搾取され、無残な最期を迎えたらしい。

「姐さん、ヤクザにはよくある話や」

桐嶋がなんでもないことのように言うと、隣の藤堂も同意するように軽く頷《うなず》いた。氷川は言い返そうとしたが、視界にホストクラブ・ジュリアスの看板が飛び込んでくる。桐嶋がブレーキを踏めば、藤堂がスマートな動作で氷川のために後部座席のドアを開けた。

「姐さん、お疲れ様です」

今の藤堂の姿に、清和の宿敵だった藤堂組初代組長時代の面影はない。

「藤堂さん、ありがとう」

「京介に渡すタルト・タタンです」

藤堂に老舗《しにせ》洋菓子店の伝統的な林檎《りんご》のタルトを渡され、氷川は重要な使命を帯びたような気がした。藤堂は富岡製糸場《とみおかせいしじょう》付近で販売されているかりんとう饅頭を持っている。勤務先の女性スタッフが大絶賛していた名産品だ。

氷川が桐嶋や藤堂とともにホストクラブ・ジュリアスに進もうとした時、背後から聞き慣れない声に呼び止められた。

「姐さん、お初にお目にかかります。自分は支倉組の若頭を務めております、後藤田篤夫《ごとうだあつお》と申します」

このたびは申し訳ございませんでした、と後藤田は深々と腰を折った。背後に控えていた屈強な支倉組構成員たちにしてもそうだ。どこからともなく、甲高い女性の声とともに口笛が聞こえてくる。

天下の往来、氷川は無視するわけにもいかない。

「……支倉組の後藤田さん？」

「寒野禮《れい》の不始末、お詫びのしようがありません」

「……あ、その謝罪でしたら眞鍋組のほうに」

僕にもお詫びか、と氷川はつい先ほど聞いた支倉組の謝罪話を思いだした。

酒くさいサラリーマンの集団とキャバクラ嬢たちが、氷川と頭を下げている支倉組構成員たちを興味津々といった風情で眺めながら通り過ぎていく。何も知らない者が見れば異様な光景だろう。

「いえ、姐さんの大事な二代目にしてはならないことをしてしまいました。支倉組一同、心より謝罪します」

後藤田には目の前で指を詰めそうな雰囲気が漂っている。周りの構成員たちの悲愴感《ひそうかん》も半端ではない。

「支倉組は解散して、寒野さんは二度と眞鍋組とは関《かか》わらない。そのように聞いていますから」

「……眞鍋の昇り龍になんてことをしてくれたのだと……支倉のオヤジも怒髪天を衝《つ》いて、寒野の命で償わせようとしましたが、涼子さんに泣いて縋《すが》られて……」

後藤田の話を遮るように、氷川は険しい顔つきで言った。

「寒野さんの命の償いは無用です」

愛《いと》しい男を凶器で貫いた寒野は許せない。けれど、復讐《ふくしゅう》はさらなる復讐を招く。負の連鎖は断ち切らなければならない。橘高のみならず重鎮や、祐、リキといった幹部も古参や若手の構成員たちも納得しているはずだ。

「……はっ、寒野に命の償いをさせたら涼子さんも自殺すると泣かれて……橘高のオヤジのお言葉もあり、支倉のオヤジも断念しました。勘弁してください」

「もう二度とこんな悲しいことが起こらないようにしてください」

「はっ、寒野は支倉の監視下にあります。いつでも命で償わせます。本人も命で償う覚悟はできております」

「だから、命の償いは無用です。寒野さんがまっとうな新しい人生を進めるようにサポートしてあげてください」

氷川は持てる理性を振り絞り、荒くなりそうな語気を抑えた。行き交う人々の好奇の視線が抑止力になっている。

桐嶋や藤堂は一言も口を挟もうとはせず、氷川を守るように立っているだけだ。もっとも、桐嶋は通り過ぎる夜の蝶《ちょう》たちに投げキッスを飛ばしていたが。

「眞鍋の二代目が亡くなったのに、寒野に新しい人生は許されません」

一瞬、後藤田が何を言ったのか理解できず、氷川は清楚《せいそ》な美貌を無残にも崩した。

「……え？　眞鍋の二代目が亡くなった？　いったいどこの眞鍋の二代目ですか？」

「……申し訳ないことをしてしまいました。眞鍋の二代目を殺《あや》めるとは……そこまで寒野が追い詰められていると知らなかったのです。自分たちの監督不行き届きです」

後藤田には尋常ならざる苦悩が満ち、今にも土下座で詫びそうな勢いだ。氷川はようやく嚙《か》み合《あ》わない会話の原因に気づいた。

「……せ、清和くんを殺さないでください。清和くんは元気ですーっ」

文倉組では清和くんが死んだと思っているんだ、と氷川は白い頰を紅潮させて力んだ。桐嶋や藤堂も同意するように相槌《あいづち》を打つ。

それでも、後藤田は苦渋に満ちた顔で首を振った。

「仕留めた、と寒野が断言しました」

「天才外科医のオペにより、清和くんは助かりました。本人は出歩きたがっていますが、僕が大事を取って休ませています」

「……そ、それは本当ですか？」

後藤田はよほど驚愕《きょうがく》したらしく、派手にのけぞった。転倒しそうになったが、すんでのところで踏《ふ》み留《とど》まる。

「本当です」

「意識が戻ったのですか？」

「意識ははっきりしています」

「後遺症は？」

「後遺症はありません。清和くんは感心するぐらい剛健な青年です」

僕の清和くんは絶対に無事だから、と氷川は自分で自分に言い聞かせるように心の中で呟《つぶや》いた。

「……よ、よかった……」

へなへなへな、と後藤田はその場に崩れ落ちかけたが、背後にいたスキンヘッドの大男に支えられる。

「橘高さんや眞鍋組の幹部から聞いたのではないですか？」

氷川が素朴な疑問を投げると、後藤田はこめかみを揉《も》んだ。

「橘高のオヤジや幹部が支倉のオヤジの立場を考慮して、死亡を伏せているのかと思っていました」

「違います。清和くんは元気です。支倉組の皆さんにもそう伝えてください」

「……あ、それは……それは……よかった……」

「もしかしたら、清和くんの死亡説が消えないのは支倉組のせいかもしれません」

はっ、と氷川は思い当たって、周囲を見回しながら指摘した。こうやって支倉組構成員にあちこちで謝罪され、通行人に目撃されたら、二代目組長の死亡説は広がってしまう可能性がある。たとえ、どんなに眞鍋組構成員たちが眞鍋の昇り龍の生存を主張しても。

「……いや……その……自分たちは心からの謝罪をしたまでです……申し訳なかった……と、その気持ちを……」

「清和くんは元気ですから安心してください」

「……自分も気が楽になりました。よかった。本当によかった」

「ご丁寧にありがとうございました」

「本当によかった。よかったです。本当ならよかったです」

後藤田は何度も頭を下げた後、支倉組構成員たちとともに去っていった。ネオンの洪水の向こう側に消える。

一瞬、微妙な沈黙が走る。

だが、すぐに氷川が静寂を破った。

「支倉組では清和くんが死んだと思っていた？」

氷川が強張った顔で尋ねると、桐嶋が手をひらひらさせて答えた。

「寒野禮は眞鍋の色男を仕留めたことにしたかったんやろなぁ」

桐嶋は寒野の男としての複雑な矜持《きょうじ》に言及した。藤堂も理解できるらしいが、氷川は馬鹿馬鹿《ばかばか》しくてたまらない。

「……それで？　支倉組は清和くんが死んだと思い込んでお詫び？」

「……なんや、眞鍋の色男の死亡説は支倉組のお詫び行脚のせいちゃうか？　そんな気がしてきたわ」

桐嶋の意見に賛同したのは、伏し目がちの藤堂だけではない。氷川も同意するように思いきり頷いた。

「僕も死亡説の原因は支倉組のような気がする。さっさとやめさせないと、ますます噂に尾鰭がつく」

祐くんはどうして止めない、と氷川はスマートな参謀を心の中で思った。祐ならば早々に気づいていたはずだ。

「……まぁ、支倉組長が思い詰めたんは確からしいわ。それでのうても支倉組の台所は火の車で、組員が果物泥棒や野菜泥棒なんかのヤバいシノギに手を出しよってあかんのに、息子が眞鍋の色男をやりよったんやからな」

果物泥棒や野菜泥棒、という犯罪を語る桐嶋の顔は醜悪に歪んでいる。極道としてあるまじき犯罪であることは間違いない。

「支倉組長は指を詰めた？」

「支倉組長が指を詰めようとしたけど、橘高のオヤジが止めたんや。姐さんの指示に従ったんやで」

「うん、指なんてもらってもどうしようもないからね」

氷川がコクリと頷いた時、ホストクラブ・ジュリアスの扉が開き、聞き覚えのある声が響き渡った。

「……嗚呼《ああ》、麗しの白百合《しらゆり》、いつまで焦《じ》らすつもりですか。どうか俺に至上の美を見せてください」

オーナーは待ちくたびれたらしく、ドアの前で舞台役者のようなポーズを取っている。その手にはお約束と化した純白の百合の花束があった。

したり顔の桐嶋に促され、氷川は藤堂とともにジュリアスに進む。果たせるかな、老舗ホストクラブは出入り口からカサブランカの洪水だ。

「……嗚呼、麗しの白百合、その麗しさを目にする栄誉を賜り、恐悦至極……今宵《こよい》も麗しすぎる」

オーナーに白百合の花束を差しだされ、氷川は手にしていたタルト・タタンを桐嶋に預けてから受け取る。

「オーナー、ありがとう」

「……麗しすぎる罪な人、今宵のジュリアスは白百合の美貌に酔いしれる。ラファエロもダ・ヴィンチもルーベンスもアングルも、白百合の美しさはキャンバスに表現できない」

オーナーの背後には不景気にも拘《かか》わらず、凄《すさ》まじい数字を叩きだしているナンバーワンの京介がいた。売り上げ二位の太輝《たいき》や、アイドル系から体育会系まであとあらゆるタイプのホストが揃《そろ》って、眞鍋組の二代目姐を出迎える。言わずもがな、ＳＳＳ級のＶＩＰ待遇だ。

「オーナー、今夜のセリフもすごいね」

「麗しすぎる白百合、まだまだ序の口、本番はこれからです」

出入り口からVIP席まで噎《む》せ返《かえ》るようなカサブランカの洪水で埋め尽くされていた。クリスタルのシャンデリアの下、VIP席も当然のようにカサブランカで囲まれている。麗しの白百合、と称《たた》えている氷川を迎えるための演出だ。

乾杯はドン・ペリニヨンのゴールドである。

「麗しの白百合の美貌に乾杯」

オーナーのかけ声の後、ホストたちによるコールが始まった。タレントの卵だという新入りホストが軽快なダンスを披露する。桐嶋のテンションも上がったらしく、マラカスを手に野性的なホストとタッグを組んで踊りだした。暴力団組長というよりホストに近いルックスなのでしっくり馴染《なじ》む。

「麗しの白百合の美貌は永遠です。眞鍋の色男は永遠の虜《とりこ》」

オーナーによるシメのセリフの後、桐嶋が一際大きな声で言い放った。

「麗しの白百合と眞鍋の色男の愛も永遠や～っ」

間髪を入れず、京介が意味深に続けた。

「かかあ天下も永遠です」

オーナーや桐嶋、京介が不夜城の覇者の生存を声高に主張しているような気がしないでもない。

「はい、僕と清和くんの愛は永遠です。近いうちに清和くんを連れて遊びに来ます。浮気禁止のコールをよろしく」

氷川も清和の生存説を明瞭《めいりょう》な声で主張した。どこまで効果があるのか不明だが、何もしないよりもマシだろう。何せ、ジュリアスの前で支倉組と言い合ったばかりだ。

コールの後、テーブルにはオーナーと京介、売り上げ上位のホストがついた。氷川は聖母マリアを意識して、京介にタルト・タタンを差しだす。

「京介くん、タルト・タタンだ。ショウくんに食べられる前に食べてね。ショウくんは馬鹿だから見たら全部食べてしまう……京介くんを忘れているわけじゃない。食欲という欲望でいっぱいになってしまうんだ」

ショウを教育するのはどうしたって無理だ。この際、京介に対処してもらうしかない。

氷川は切々とした調子で語ったが、京介の華やかな美貌に暗い影が走った。

「姐さんまでタルト・タタンですか？」

「かりんとう饅頭もあるから」

氷川の言葉に呼応するように、藤堂が京介にかりんとう饅頭をスマートな仕草で差しだした。

夢の国の王子様は職場でゴジラ化したりはしない。数多《あまた》の女性を魅了する笑顔で、タルト・タタンとかりんとう饅頭を受け取る。

「姐さん、藤堂さん、お心遣いありがとうございます。……ですが、情報が遅いようです」

京介が王子様スマイルを浮かべると、バックに真紅の薔薇《ばら》が咲いたように華麗だが、氷川はなんとも形容しがたい棘《とげ》を感じた。

いやな予感しかない。

「京介くん、なんの情報?」

「今朝、二度と潜り込んでこないと思っていた居候が戻っていました。目覚めたら、大事なお客様からもらった猫のチョコレートをひとつ残らず食べていました」

京介が明かした情景が、氷川には悲しいくらい想像できる。眞鍋組の特攻隊長とはそういう男だ。

「……え? ……ま、また? またショウくんは勝手に全部、食べちゃったの?」

「二代目の死亡説が流れている中、戻ってこないと思っていました。寒野組や吉平《きっぺい》の件で当分の間、顔を合わせることもないと思っていたのに……」

どうして帰ってくるんだ、と京介は言外に匂《にお》わせている。全身から漲《みなぎ》る怒気がなんともはや凄まじい。

「……あ、ごめんね。猫のチョコレートは知らなかった。……桐嶋さんも知らなかった？」

氷川が慌てて尋ねると、桐嶋と藤堂は同時に首を振った。どうやら、ふたりともショウの懲りない暴挙に呆《あき》れている。

「姐さん、ショウの馬鹿さ加減はよく知っていますが、いい加減にしてほしい。鍵《かぎ》を替えていたのに、窓を叩き割って侵入しやがった」

京介の言葉に氷川は驚愕で目を瞠《みは》った。

「……え？　鍵を替えていた？　ショウくんに合い鍵を渡してくれなかったの？」

「居候を追いだすために鍵を替えました。あれに合い鍵を渡すわけがない」

マンションの鍵の交換には、京介の幼馴染みに対する溜《た》まりに溜まった鬱憤《うっぷん》が込められていたようだ。

「そこをなんとか」

ぎゅっ、と氷川は強引に京介の手を握った。

「姐さんがサラリーマンの常套句《じょうとうく》を口にしないでください」

「ショウくんは京介くんがいないとやっていけない」

若いヤクザは誰かの援助がないと生きていけないという。ショウは支えてくれる女性と一緒に暮らしだしても、判で押したように追いだされていた。結果、頼る相手は腐れ縁の幼馴染みだ。

「ショウはそんなことを思っていません。あいつはひとりでも大丈夫です。二度とうちに潜り込まないように言い聞かせてください」

「京介くん、お願いだからショウくんを捨てないで」

氷川は縋るような目で京介の手を握り直した。

けれど、傍若無人な居候に対する怒りは根強い。背後に咲いていた真紅の薔薇の棘がさらに尖《とが》った。

「姐さん、今度という今度は愛想が尽きた」

「京介くんとショウくんの仲は永遠だから」

「いったい何を言いだすんですか」

「京介くんとショウくんは永遠でしょう」

「やめてください」

それまで桐嶋はオーナーや藤堂と笑いながらシャンペンを飲んでいたが、おもむろに口を挟んだ。

「京介ちん、姐さんの舎弟になったんちゃうんか？　カーレースの時に、宣言したんやんなぁ？」

先日、寒野の一件の際、京介は寒野組側の男として眞鍋組二代目姐を誘拐した。そのうえ、シマを巡るカーレースの勝負では寒野組側のドライバーになった。誰もが予想だにしていなかった京介の裏切りだ。

しかし、京介は裏切ってはいなかった。氷川に無体なことをさせないため、ひいては子供を救うため、元暴走族仲間である寒野組側の若頭についただけだ。当然、京介に対する眞鍋組の制裁はないし、そういった声も上がらなかったそうだ。

「あの時の俺のセリフを曲解しないでください。俺はヤクザになるつもりはないし、ヤクザになったつもりもありません。ただ、俺はいつでも姐さんをお守りする舎弟です」

カーレースの際、寒野組側の車に同乗させるマスコットとして指名したのは眞鍋組の二代目姐だ。清和は断固として認めなかったが、京介が二代目姐に舎弟入りするというような宣言でやっと話がまとまった。もっとも、京介は「ヤクザになるつもりはない」と釘をさしたが。

「ごちゃごちゃ言いなや。あん時に姐さんの舎弟になったんや。姐さんの言うことに逆らったらあかん」

アニキは俺やで、と桐嶋は氷川の舎弟の顔で続けた。舎弟同士でもどちらが兄で弟か、上下関係があるらしい。

「それとこれとはべつです」

「……まぁまぁ、次は猫のチョコレートを持ってくるわ。そうや、眞鍋の色男が猫のチョコレートをプレゼントすんで」

「眞鍋の色男ならば、猫のチョコレートぐらいでは許しません」

「おっ、ええでええで、ヴーヴのシャンペンタワーでも、リシャールのタワーでも、眞鍋の色男になんでもおねだりしいや」

桐嶋が手を叩いた時、それまでおとなしく座っていた売り上げ第二位の太輝が息巻いて口を挟んできた。

「それより、リキさんがサッと一緒にラブホに入ったって本当なんですか？　オヤジのくせにアイドルの純《じゅん》によく似た館長が初恋の相手だって嘘ですよね？」

太輝は眞鍋組の修行僧に恋い焦がれ、追いかけ回している。例によって、リキはまったく相手にしていなかった。

「太輝くん、僕も初耳です」

氷川が驚愕で声を上げると、太輝の可愛らしい顔が般若《はんにゃ》と化した。

「姐さんも知らなかった？　ショウとか宇治とか吾郎とか、眞鍋の男たちがおかしいから話を聞いたけど、リキさんの初めてのロマンスだとか、ロマンスじゃないとか、眞鍋の男全員の妄想とか、とんでもないことになっているんですか？　いったいどういうこと？

誰よりもリキさんを愛しているのは誰だと思っているんですかーっ」

太輝が涙声で叫んだ時、ＶＩＰ席に異様な集団が乗り込んできた。やたらと逞《たくま》しい女性たちだ。……いや、女装姿の男たちの軍団だ。先頭は不夜城で闇《やみ》医者を営んでいる綾小《あやのこう》路《じ》だった。今夜もツインテールのメイド姿だ。

「姐さん、アタシのリキをサツのキャリアとエッチさせやがったのーっ？」

綾小路の耳をつんざく絶叫の後、デザイナーの青井《あおい》楓《かえで》が阿修羅《あしゅら》の如《ごと》き形相でテーブルを物凄《ものすご》い勢いで蹴《け》り飛《と》ばした。

しかし、京介とオーナーが反射的に支えたからテーブルは倒れない。テーブルに置かれていたボトルやグラスが床に落ちたぐらいだ。ガラガラガッシャーン、という耳障りな破壊音が響き渡る。

もっとも、それ以上にデザイナーの楓の罵声《ばせい》が凄まじかった。

「リキがアイドルの純に似た初恋相手のために、偉そうなサツに身売りしたってどういうことだーっ？」

楓の次はチアガール姿のニューハーフがポンポンを振り回しながら叫んだ。

「姐さん、どうせ人間魚雷の姐さんがまたなんかやったんでしょう。なんで、アタシのリキがサツなんかとラブホに入るのーっ？」

「姐さんが狸《たぬき》と駆け落ちするから、あたいのリキが初恋をこじらせているのよっ。初恋は初恋のまま、骨付きカルビと一緒に炭火で焼いて、食べて、骨にして、供養すればいいでしょう。初恋相手は三十越えたオヤジだって言うじゃない。どうしてあたいのリキがオヤジになった初恋相手のために戦わなきゃ駄目なのーっ?」

「姐さんがオヤジだから私のリキにもオヤジを押しつけたのね? サツも許せないけれど、オヤジも許せないわっ」

メイド姿の綾小路が小粒に見えるぐらい、迫力満点のニューハーフたちに凄まれ、氷川は呆然《ぼうぜん》とした。

「……え? ……えぇ?」

いったい何がどうなっているのか、氷川には見当もつかない。ただ、全員、リキに焦がれている男たちだとわかる。……否、男としてこの世に生を受けた女性たちだとわかる。

「姐さん、アタシのリキを返してーっ」

綾小路に襟首を摑まれそうになった瞬間、氷川を庇《かば》うように桐嶋が間に入った。すかさず、京介が盾になるように氷川の前に立つ。

「まぁまぁまぁ綾小路先生、そんなに怒ったらせっかくのメイドさん姿がだいなしやで」

桐嶋は宥めるように両手で押さえ込む真似《まね》をしたが、いつになく、歯切れが悪いし、覇気もない。

「桐嶋組長、これが怒らずにいられると思う? 琴晶飯店《きんしょうはんてん》のダイアナからアタシのリキがサツとラブホに入ったことを聞いたの。ヤッたみたいなことをほざきやがったのよ。ダイアナの情報ルートは疑いたくても疑えないのよーっ」

綾小路が腹立たしそうに足を踏みならすと、桐嶋は凜々しい顔を派手に歪めた。

「あ～っ、琴晶飯店のダイアナに聞いたんかいな～っ。虎と氷姫はマジにヤッたんかなぁ？　ただ単にラブホで将棋しとっただけちゃうんか？」

「なんで、ラブホで将棋なんてするのよっ」

「そんなん言うたかて、あのカチンコチンの虎と氷姫やから、ラブホでふたりきりになっても合体せえへんで、将棋か碁でもするんちゃうか？」

桐嶋が語るリキと正道は、氷川にも容易に想像できる。何せ、正道にしてもリキに焦がれているとは思えない言動だ。

「アタシのリキはね。アタシとラブホに入ってくれなかったのーっ」

綾小路の罵声に続き、ＣＡ姿のニューハーフも叫んだ。

「私のリキも私とラブホに入ってくれなかったの。ラブホのそばにも行ってくれなかったの。一緒の車にも乗ってくれなかったのよーっ」

「桐嶋組長、僕のリキはサツとセックスしたの？　オヤジのくせに可愛いっていう初恋相手とセックスしたの？　どうして僕とセックスしないのーっ？　僕が隙《すき》を見てキスしようとしても、隙がないからできないのーっ」

「桐嶋組長、アタシのリキがイ○ポだから諦めろ、って宥めたのは誰よーっ。イ○ポじゃなかったのーっ？」

「桐嶋組長、桐嶋組のお仕事よ。あちきのリキがほかの奴とエッチするなら、即刻、リキをイ◯ポにしてーっ」

　もはや誰が何を叫んでいるのか、わからない状態になった。女性に夢を売る空間は阿鼻《あび》叫喚《きょうかん》の嵐《あらし》の港だ。オーナーは肩を竦め、騒動を鎮めようともしない。どうも楽しんでいるフシがある。

「とりあえず、綺麗な顔を歪めたらあかん。綺麗な顔が歪んでまうで。にっこり笑っててぇや～っ」

　桐嶋が必死になって宥めるが、怒り心頭といった風情の雄々しい集団は鎮まらない。綾小路がドン・ペリのボトルを振り回し、デザイナーの楓がアイスピックを握り、元ムエタイ選手だというタイのニューハーフが桐嶋にタックル。

　一瞬にして、大輪の白百合に囲まれたＶＩＰ席がリングと化した。スコーン、とマラカスが桐嶋の後頭部に投げつけられる。

　シュッ、と氷川の前にはチャームのチョコレートが飛んできた。

「姐さん、離れましょう」

　京介と藤堂に庇われ、氷川はＶＩＰ席から避難した。オーナーが何か言ったらしく、誰も氷川を追っては来ない。

「……ど、どうなっているの？」

氷川が掠《かす》れた声で聞くと、京介は楽しそうに口元を緩めた。

「姐さん、ひとまず避難してください」

「京介くん、リキくんと正道くんの話だけじゃなくて初恋相手？　初恋相手の話も初めて聞いた……リキくんにも初恋があったの？　あのリキくんに初恋？　あのリキくんもちゃんと恋ができたんだね？　リキくんが初めて鯉を食べた相手の話じゃないよね？」

氷川は狐《きつね》か狸に化かされたような気がしないでもない。リキが朴念仁なんてものではないからだ。

「姐さん、その話は日を改めて、オーナーとじっくりしてください」

「……オーナーと？」

「俺もリキさんの初スキャンダルはわかりません」

京介はリキのロマンスの噂に白旗を掲げていた。

「京介くんもわからないの？」

「自慢にもなりませんが、まったくわかりません。リキさんは恋ができない人種だと思っていました」

「恋ができない人種？　それはわかるような気がする」

そのままホストクラブ・ジュリアスのスタッフ専用出入り口から出た。すると、夜風が吹く中、送迎用のメルセデス・ベンツが停《と》まっている。眞鍋組の卓と諜報《ちょうほう》部隊のイワシが深く腰を折った。

「……え？　卓くんとイワシくん？」

京介と藤堂はどちらも視線で合図をしただけで、なんの言葉も口にしない。卓とイワシも無言で頷くだけだ。

「俺たちはここで失礼します」

京介と藤堂は一礼すると、ジュリアスの店内に戻っていく。氷川は卓とイワシに促され、黒塗りのメルセデス・ベンツに乗り込んだ。

運転席にはイワシが座り、助手席には卓が腰を下ろす。どちらもいつになく、緊張しているようだ。

「姐さん、出します」

イワシは一声かけてから、アクセルを踏んだ。瞬く間に阿鼻叫喚の場となった老舗ホストクラブが見えなくなる。

「……卓くん、イワシくん、いったいリキくんに何があったの？　リキくんの初恋と正道くんのラブホテル話？」

氷川が上ずった声で聞くと、卓が苦しそうな声で答えた。

「姐さん、リキさんの話は俺たちもわからないんです。頼みますから、俺たちに聞かないでください」

卓の苦渋に満ちた顔がすべてを物語っているような気がした。氷川にしてもタチの悪い冗談を聞かされたような気がしないでもない。

「……びっくりした」

氷川が正直な気持ちを零《こぼ》すと、卓も感情たっぷりに答えた。

「俺たちもです」

「リキくんに話を聞かなくっちゃ」

これは本人に問《と》い質《ただ》すしかない、と氷川は勢い込んでしまう。相手が誰であれ、幸せを拒むリキが新しい一歩を踏みだしてくれたら嬉《うれ》しい。

「……姐さんならできるかもしれません」

卓の一言はリキを取り巻く眞鍋組の男たちの心情を如実に表している。おそらく、誰もリキから真意を引きだせないだろう。まずもって、口下手な清和には無理だ。

「絶対に聞きだす。今夜は会える？」

「当分の間は無理だと思います」

瞬く間に、氷川を乗せた車は極道色のまったくない眞鍋第二ビルの駐車場に進む。常と変わらず、リンカーンやリムジン、アストンマーティンなど、海外の高級車が停まっていた。イワシがブレーキを踏むと、卓が助手席から降りて氷川のためにドアを開ける。

「姐さん、お疲れ様でした」

氷川は礼を言いながら、メルセデス・ベンツから降りた。防犯カメラは作動しているが、眞鍋組関係者はひとりもいない。

「清和くんは？」

氷川はずっと聞きたかったことをようやく口にできた。

「絶対安静中です」

「一目でもいいから会いたい」

愛しい男が手術室に運ばれた後、氷川は祐や卓から報告を聞くだけだ。ガラス越しに無事を確認することさえ許されていない。

「二代目にも男としてのメンツがあります。見ないであげてください」

卓にしても祐にしても橘高にしても安部《あべ》にしても、眞鍋の男たちは申し合わせたかのように同じ言葉を口にした。

「僕は医者だよ」

日々、氷川は管に繋がれた患者を診ている。清和がどんな姿であれ、動じたりはしないというのに。

「ベタ惚れしている姐さんにあんな姿を見られたくないんです。男心をわかってやってください」

「僕が清和くんの世話をしたい」

「勘弁してやってください」

卓とイワシに深々と頭を下げられ、氷川は二の句が継げない。そのまま、寝泊まりしているゴージャスな部屋に向かった。

今までは祐の意趣返しでバナナと狸で揃えられていたが、ロココ調で統一された部屋には見当たらない。テーブルの果物籠《かご》にはマンゴーやオレンジが用意されているし、パン籠にはロッゲンブロートや全粒粉のカンパーニュ、亜麻仁のバゲットが盛られている。洒落《しゃれ》た三段のケーキプレートにレモン風味の焼き菓子やルビーチョコレート、ピスタチオのパイなどが並んでいる。どんなに探してもバナナと狸は出てこない。

「バナナが一本もないし、バナナ味もないし、狸もいない、狸柄のカップもお皿もない……祐くんのバナナ攻撃と狸攻撃がなくなったのは嬉しいけれど……ひょっとして何かあるの？　あの祐くんがバナナ攻撃と狸攻撃をやめるなんて何か裏がある？」

心配の種は尽きないが、ここで思い悩んでも仕方がない。連続の当直明けであり、風呂《ふろ》に入った後はすぐに、子供たちからもらった花冠を枕元《まくらもと》に置いた天蓋《てんがい》付きのベッドで深い眠りに落ちた。愛しい男の無事を祈りながら。

4

翌日、氷川《ひかわ》はひとりで目覚め、野菜スムージーのみの朝食を摂《と》り、イワシが運転するメルセデス・ベンツで勤務先に向かう。助手席には卓《すぐる》が座り、昨夜のホストクラブ・ジュリアスの狂乱ぶりを語った。昨夜の老舗《しにせ》ホストクラブは死闘を繰り広げるプロレス会場のままクローズしたらしい。リキに焦がれる者たちはいろいろな意味で強かった。

氷川は何事もなかったかのように早朝の会議に出席し、病棟の回診を終えてから午前診察をこなす。

金太郎飴《きんたろうあめ》のように変わらない常連患者を診た後、遅い昼食を摂っていると、青い顔をした医局秘書にそっと耳打ちされた。院長室への呼びだしだ。

モンスター患者のクレームか、と氷川の脳裏を傍若無人な患者たちが過《よぎ》る。

ただ、院長も話がわからないタイプではない。おそらく、同席しているだろう内科部長にしてもそうだ。

僕は医師として間違ったことはしていない。

きちんと説明すればわかってくれる。

誤解されないようにちゃんと説明すればいい、と氷川は自分に言い聞かせるようにして院長室に向かった。深呼吸をしてから院長室のドアをノックする。

『入りたまえ』

聞き覚えのある院長の声を確認してから、氷川は院長室に入った。

「失礼します。氷川です」

氷川が一礼すると、院長は威厳に満ちた態度で着席を促した。果たせるかな、内科部長もいるが、いつになくそわそわしている。

その理由はすぐにわかった。

何せ、院長室に楊貴妃《ようきひ》さながらの艶麗《えんれい》な美女がいたから。

「氷川先生、彼女を知っているね？」

院長に確かめるように尋ねられ、氷川は腹を括《くく》った。名うての女狐《めぎつね》のことだから、下手に誤魔化さないほうがいいことは確かだ。

エリザベス、清和《せいわ》くんのことで乗り込んできた？

まだ清和くんを諦《あきら》めていない？

清和くんは僕のものだ。

未来永劫《えいごう》、僕の清和くんを君には渡さない。

医師という仕事は大事だけど、ここで退職しても仕方がない。

僕は清和くんへの永遠の愛を貫く、と氷川は心の中で臨戦態勢を取った。香港《ホンコン》マフィアの楊《よう》一族の幹部に屈したりはしない。

「……はい」

「エリザベスさんからお話を聞きました。男としての責任を取りたまえ」

一瞬、院長が何を言ったのか理解できず、氷川は惚《ほう》けた顔で聞き返した。

「……え？」

「もう一度言う。氷川先生、男としての責任を取りたまえ」

院長に未《いま》だかつてない圧力をかけられ、氷川はのけぞりそうになった。楊一族の目的はなんだ、と。

いやな胸騒ぎで下肢が震えた。

エリザベスは楊一族の前頭目の息子として生まれ育ったらしいが、どこからどう見ても女性にしか見えない。院長や内科部長にも女性として接したのだろう。

あの日、こともあろうに、エリザベス率いる香港マフィアは厳かな高野山《こうやさん》に乗り込んできた。深夜の枕《まくら》投げは今でも覚えている。

「……院長先生、男としての責任とはどういうことですか？」

氷川は横目でしおらしそうに俯《うつむ》くエリザベスを眺めつつ、掠《かす》れた声で院長に尋ねた。

「君は独身だ。エリザベスさんと結婚することになんの障害もない。私も心より祝福させてもらう」

氷川は怒鳴らなかった自分を褒めたくなる。持てる理性を振り絞り、冷静に応じた。

「……僕とエリザベスが結婚ですか？」

「授かった命を大切にしなさい」

院長の視線の先は、エリザベスが手で押さえている腹部だ。まるで産婦人科の待合室の椅子《いす》に座っている妊婦のような雰囲気が漂っている。天と地がひっくり返っても、エリザベスが妊娠するはずがないのに。

「院長、エリザベスの言い分を鵜呑《うの》みにされたのですか？」

「君の子を宿した、とエリザベスさんに相談を受けた。立場上、無視はできない」

氷川は院長や内科部長に非がないことはわかっている。たぶん、エリザベスが上手《うま》く言いくるめたのだろう。今現在、高野山で清和を誘惑しようとした時の雰囲気は微塵《みじん》もない。独身の内科医に弄《もてあそ》ばれた独身女性そのものだ。

「身に覚えがありません」

「氷川先生、男としての責任から逃げるのかね？」

当然、院長は女癖の悪い医師たちをよく知っている。それゆえ、エリザベスの言葉を信じたようだ。

とうとう氷川先生もか、年貢の納め時だよ、と内科部長は視線で語りかけてきた。

「まず、エリザベスをよくご覧ください。こういうタイプの女性が僕を誘惑すると思いますか？　僕も派手な美女は苦手です」

氷川が切々とした調子で言うと、院長は渋い顔で「……うぅ」と、低く唸《うな》った。

「こう言ってはなんですが、エリザベスのような美女を好きな妻子持ちの医師はたくさんいます。エリザベスに妊娠を告げられ、僕に押しつけようとしたのではないのですか？」

「氷川先生、君がどれだけ真面目《まじめ》な医師か、よく知っている」

院長が顰《しか》めっ面《つら》で言うや否や、同意するように内科部長も相槌《あいづち》を打った。ありうる、とどちらも思ったらしい。

「エリザベス、僕を巻き込むのはやめてください」

エリザベス、ここで産婦人科に送り込んだら困るのは君だ、と氷川は真《ま》っ直《す》ぐな目でエリザベスを威嚇した。

静かな火花が散る。

ようやく、観念したらしい。

「……はい。実は氷川先生の言う通りなの……氷川先生なら独身で真面目だから押せばなんとかなる、って……」

エリザベスはポロポロと涙を零《こぼ》しながら、氷川の言葉を肯定した。

氷川は白々しくてたまらないが、院長と内科部長はすぐに信じる。そうだったのか、と院長と内科部長は納得したように顔を見合わせた。

「エリザベス、いったいどこの誰に言われたのか、じっくり聞かせてもらいましょう」

氷川はエリザベスに言ってから、院長に視線を流した。

「院長、これは僕が処理します。僕の名を出した人も追い詰められていたと思いますから、院長はあえて目を瞑《つぶ》ってください」

氷川が頭を下げれば、それですんだ。ローラ・アシュレイの花柄のハンカチで涙を拭《ぬぐ》うエリザベスを連れ、重苦しい空気でいっぱいの院長室を出る。そのまま、眩《まぶ》しい陽の光が射《さ》し込《こ》む廊下を足早に進んだ。エリザベスの嗚咽《おえつ》がやけに響く。

「エリザベス、泣《な》き真似《まね》はそこまで」

氷川は周囲を見回しつつ、一筋縄ではいかない幹部と対峙《たいじ》した。人通りの少ない廊下だが、院内だけにいつ誰が通りかかるかわからない。何より、どこから楊一族のメンバーが現れるかわからない。拉致《らち》され、人質になりたくはなかったから、あまりにも人気《ひとけ》のない場所は避けた。

「姐《あね》さんのアドリブ力は褒めてあげる」

「妊娠なんて、よくそんな大嘘《おおうそ》をついた」

氷川が呆《あき》れ顔《がお》で詰《なじ》ると、エリザベスは艶然《えんぜん》と微笑《ほほえ》んだ。

「姐さんの立場を考えてあげたの」

「それで？」

「眞鍋《まなべ》の三代目と交渉しに来たのよ。楊一族は眞鍋と揉《も》めたくないの。宋《そう》一族と組まれると困るわ」

バンッ、とエリザベスは威嚇するように壁に手をついた。院長室で見せた哀れな淑女のムードはまったくない。

「……眞鍋の三代目？　……まさか、僕のことですか？」

昨日のあれこれを考慮すれば、自《おの》ずと答えが導かれる。氷川は真っ直ぐにエリザベスを睨《にら》み返《かえ》した。

「眞鍋の三代目は姐さんでしょう？　さすがにリキは実家が実家だからヤクザのトップには立たないわ。お嫁さんから逃げ回っている兄貴の問題もあるしね」

エリザベスに真剣な顔で言われ、氷川は白い頬《ほお》を引《ひ》き攣《つ》らせた。

「二代目はご健在です。三代目の話はありません」

「誤魔化しても無駄よ。いい男だったのに伏兵に殺されたんでしょう。木村《きむら》先生も一緒にやられたのが命取りだったわね」

かつてエリザベスは高野山で情熱的に清和に迫ったが、拍子抜けするぐらいあっさりしている。死んだ男に用はない、とばかりに。

「エリザベス、偽情報に惑わされないでほしい。清和くんは生きています」

「……ほら、戦国時代の風林火山だっけ？　三年、死を隠せ？　二代目の場合は無理よ」

エリザベスが比喩《ひゆ》に上げた戦国武将の話は氷川も知っている。戦国最強と謳《うた》われた甲斐《かい》の武田信玄《たけだしんげん》の遺言だ。

「武田信玄は本当に死にましたが、清和くんは生きています。エリザベスまで清和くんの死亡説を流しているのか？」

不夜城の覇者の死亡説が払拭《ふっしょく》されるどころか、広まっているような気がしないでもない。楊一族が誤解しているならタイ・マフィアやロシアン・マフィア、南米系マフィアなど、名だたる海外の闇《やみ》組織も誤解しているはずだ。

「……じゃ、生きている証拠を見せて」

「……証拠？」

「元気な二代目を見たの？」

エリザベスに探るように尋ねられ、氷川は今さらながらに思い当たった。愛《いと》しい男の無事を確認していない。一目たりとも会わせてくれないのだ。そのうえ、氷川の護衛につく男は卓や諜報《ちょうほう》部隊のイワシで、嘘がつけないショウや宇治《うじ》はそばにいない。作為的なものを感じずにはいられなかった。

が、氷川は射るような目で聞き返した。

「……では、死んだという証拠は？」

「まず、寒野禮《かんのれい》の証言ね。あれも素人じゃないから手応《てごた》えを感じたみたい」

其《そ》の一、とばかりにエリザベスは指を一本、これ見よがしに立てた。

「寒野さんの証言は男としてのメンツが入っている。証拠にならない」

其の二、とエリザベスは指を二本、煽《あお》るように立てた。

「ホームズ先生の証言が大きいわね」

ホームズ、というイントネーションには毒が含まれている。

「……ホームズ先生？」

氷川の脳裏に英国の文豪が生んだ世界的に有名な名探偵が浮かんだ。

「魔女が知的好奇心をそそる事件をでっち上げて、連れてきた探偵ごっこ中のイケメン外科医よ」

エリザベスが口にしたホームズに思い当たった。眞鍋組の祐《たすく》が大嘘話で美麗な天才外科医に、瀕死《ひんし》の清和と木村を託したのだ。今でも米国で絶賛された天才外科医の評価はすこぶる高い。

「速水《はやみ》総合病院の速水俊英《しゅんえい》先生？」

「情報屋もうちの奴《やつ》も私も刑事のふりをして、ホームズ先生に会ってきたの。ホームズ先生は教えてくれたわ。オペ室に到着した時に若い患者は死んでいた、ってね」

一瞬、何を言われたのか理解できず、氷川はきょとんとした面持ちで聞き返した。

「……え？」

どこからともなく、赤ん坊の泣き声が聞こえてくる。

「ゴッドハンドでも死人を蘇《よみがえ》らせることはできないわ」

埒《らち》が明かないと思ったのか、エリザベスは小さなバッグからスマートフォンを取りだした。画面では刑事に扮《ふん》したエリザベスと部下が、ホームズこと速水探偵事務所の俊英を訪ねた時の動画が再生される。隠し撮りらしく、端麗な若い天才外科医の視線はカメラからだいぶ外れていた。

「……オペ時間は長かった……はず……」

俊英先生が到着してから、と氷川は花冠を手に待っていた時の記憶を辿《たど》った。……が、動揺しているのか思いだせない。そもそも、疲弊しきっていたからか、途中で寝てしまったのだ。

「木村先生は虫の息だったから助けられたんですって」

動画の中、英国製のスーツに身を包んだ俊英も、今のエリザベスと同じことを口にしている。一見、非の打ち所のない英国風の紳士だ。傍らには助手らしい若い青年が心配そうに立っていた。

「……嘘です」

氷川は動画を無視し、強張《こわば》った声できっぱりと言った。

「ホームズ先生が嘘をついているとは思えないわ」

エリザベスの言葉には自信が満《み》ち溢《あふ》れていたが、氷川は確固たる意志をもって首を振った。

「僕にはわかる。君はコナン・ドイルの聖典を読破していない」

僕は学生時代にシャーロック・ホームズを読破した、と氷川は胸を張って続けた。夢中になったシリーズだ。

「……は？　コナン・ドイル？」

「シャーロック・ホームズを自称する探偵ならば、そう簡単に偽刑事に真実を明かしたりしない」

氷川がズバリ指摘すると、エリザベスは呆れたように大袈裟《おおげさ》に肩を竦《すく》めた。

「ひょっとして、ホームズ先生が名探偵だって思っているの？」

「優秀な探偵でなければ、ホームズと名乗れないはず」

「ホームズ先生にあるのは外科医としての腕だけよ。探偵としては使い物にならないわ。助手のワトソンが頑張っているから探偵の看板を掲げていられるのよ」

エリザベスは凄艶《せいえん》な美貌《びぼう》を盛大に歪《ゆが》め、天才外科医の探偵としての能力を容赦なくこきおろした。サメもそういったことを言っていた覚えがあるが、氷川は強い意志で聞き流す。ここでしたたかな女狐相手に話し合っても時間の無駄だ。何より、動画の俊英と助手が本物だという証拠はない。

「君との話し合いはこれまで」

氷川は強引に話を終わらせようとした。

「ちょっと待ちなさい。ここで暴れたら困るでしょう」

氷川先生にセクハラされた、って泣きじゃくってやる、とエリザベスは被害者のような表情を浮かべて自分の身体《からだ》に腕を回した。

もちろん、そんな脅迫に屈したりはしない。

「お好きにどうぞ」

「いいから、私の話を聞いて。楊一族は眞鍋とパートナーシップを結びたいの。リチャードは祐をお気に入りよ。楊一族が眞鍋の敵に回ることはないわ」

これが本題、とエリザベスは真剣な目で氷川を貫いた。香港を陰で支配する一族の迫力が漂っている。

「祐くんやリキくんに話しなさい」

「だから、そのリキなのよ。初恋相手が宋一族の首領に奪われてブチ切れているんでしょう。楊一族と宋一族は不倶戴天《ふぐたいてん》の敵同士だからそれでいいの。たとえ、魔女が止めても、楊一族はリキのサポートにつくわ。なのに、サメが宋一族のダイアナに誘惑されて、楊一族の敵に回るの？」

きーっ、とエリザベスはヒステリックに捲《まく》し立《た》てる。要領を得ないセリフだが、それだけ鬱憤《うっぷん》が溜《た》まっているのだろう。

　だが、氷川は何がなんだかまったくわからない。

「……リキくんの初恋相手が宋一族の首領に奪われた？　サメくんが宋一族のダイアナに誘惑された？　いったいなんの話ですか？」

　昨夜、リキの初恋物語は聞いたばかりだが、なんの説明もされないままだ。リキがリキだけに、誰も的確に説明できないような空気が流れている。

「……ああ、姐さんは知らなかったのね？」

　あの頃の眞鍋組はひどかったわ、とエリザベスは嘲笑《ちょうしょう》を含んだ目で匂《にお》わせている。当時、正常だったのは祐だけだったともっぱらの噂《うわさ》だ。

「リキくんの恋の話はチラリと聞いたばかりです。主観を交えず、事実だけ言いなさい」

「生意気ね」

　エリザベスに憎々しげに言われ、氷川はきつい目で睨み返した。

「人のことが言えますか」

「三代目だから生意気でも仕方がないわね」

「だから、二代目は生きています」

「……いいわ。教えてあげる。高徳護国流《たかとくごこくりゅう》の門弟で美術館の館長がいるのよ。企画展で展示されたルーベンスの名画が贋作《がんさく》とすり替えられた件で、館長は後輩の二階堂正道《にかいどうまさみち》を頼ったの。氷のキャリアは犯人に心当たりがあったけど、館長には教えないで帰らせたわ」

エリザベスがスマートフォンを器用に操作すると、画面には地味なスーツ姿の可憐《かれん》な青年が映しだされた。内科の若い看護師たちがこぞって夢中になっているアイドルによく似ている。

こんなに若くて可愛《かわい》いのに美術館の館長、と氷川はまじまじと眺めてしまう。脳裏に警視総監候補も浮かべたら、自ずと行動が予想できた。

「……正道くんのことだから、正道くんがルーベンスの名画を取り返そうとしたとか？」

「さすが、わかるのね。氷のキャリアも馬鹿《ばか》よ。警視総監候補が宋一族のアジトに近づけばそれだけで危険だわ。結局、お坊ちゃまは駄目ね」

察するに、エリザベスによる正道の評価は低い。

「宋一族？　チャイニーズ・マフィア？」

「宋一族自身じゃ、マフィアと名乗らないけれど、マフィアみたいなものね。『九龍《クーロン》の大盗賊』っていう異名を取る大組織よ。うちとの戦争に負けて、本拠地を日本に移したの。先代の話ね」

「その宋一族のアジトに近づいて、正道くんは無事だった？」

「眞鍋のリキが止めたのよ。びっくりしたわ」

正道が国家権力を行使して、リキに会うことはあったらしい。そのつど、リキは正道の想《おも》いをつれなくはねつけていた。

「リキくんが正道くんを止めたの？」

氷川が知る限り、リキは怜悧《れいり》な剣道仲間を全力で避けていた。驚愕《きょうがく》で膝《ひざ》が崩れそうになるが、すんでのところで踏《ふ》み留《とど》まる。

「氷のキャリアは頑固だからそう簡単に止まらないわ。ホスト顔負けのセリフで氷のキャリアを止めたのよ」

なんて言ったと思う、とエリザベスに妖艶《ようえん》な表情で尋ねられたが、氷川には見当もつかない。

「……え？　あのリキくんだよ。あの苦行が趣味みたいなカチンコチンのリキくんが、そんなホスト顔負けのセリフを言えるわけがない」

「それが言ったのよ」

「もったいぶらずにさっさと教えなさい」

「抱いてやるから来い、って石の虎《とら》が氷のキャリアに言ったのよ」

エリザベスはいつになく真顔で言ったが、氷川はどうしたって信じられない。反射的に首を振った。

「……嘘」

「リアルタイムで聞いていたサメの部下はパニックを起こしたみたい。わかるわ。私でも耳鼻科に駆け込んでいたと思う」

「僕、騙《だま》されているとしか思えない」

　抱いてやるから来い？

　あのリキくんがそんなセリフを言うわけがない、と氷川の脳裏を鋼鉄の修行僧の言動が走馬灯のように駆け巡る。清和だけでなくサメや祐も呆れていたものだ。

「それから、その虎の熱いセリフで氷のキャリアは宋一族のアジトに乗り込まないで、ラブホに向かったのよ。そのラブホも虎が選んだ眞鍋組資本のラブホ」

「……え？　ラブホ？　ラブホテルのことだよね？」

　ラブホテルという名の道場か学習塾ではないのだろうか。氷川の思考回路がおかしな方向に作動しそうになった。

「そうよ。ラブホテルのラブホで虎と氷のキャリアがふたりきりで過ごしたのは確かよ。確かなんだけど、宋一族の襲撃に遭って脱出したの」

「正道くんはその宋一族のアジトに乗り込まなかったんでしょう？　なのに、襲撃されたというのですか？」

「眞鍋の虎と警視総監候補の氷のキャリアが接近して見逃してくれるほど、宋一族は甘くないわ。新しい首領が狂暴なのよ。うちも今の状態で、宋一族と戦争したくないの」

　エリザベスから新しい首領に対する恐怖心がひしひしと伝わってきた。

「僕もそんな九龍の大盗賊とかに関《かか》わりたくないけれど……え？　それで？　その話だけ聞いていたら、リキくんと正道くんが結ばれた？」

氷川が興奮気味に聞くと、エリザベスは馬鹿らしそうに手を上げた。

「ふたりでラブホに入っても、ヤッたか、どうか、確認が取れていないの」

「……え？」

「館長は館長で宋一族の首領にレイプされて、動画を撮影されて、仲間になるように強要されたみたい。仲間になるふりをして、ルーベンスの名画を取り戻したのよ」

可憐な館長の剣道着姿や進学校の制服姿、文部科学省のキャリアとしての姿など、エリザベスのスマートフォンには何枚も収められている。リキや正道と同じように最高の偏差値を誇る最高学府を卒業した秀才だ。

「……えぇ？」

夢想だにしていなかった館長の不幸に、氷川の心が激しく軋《きし》む。もっとも、エリザベスはまったく同情していない。

「可愛い顔をしてやるわ。さすが、リキの初恋の相手」

「……その館長がリキくんの初恋の相手？」

氷川は確かめるように聞いてから、画面に映る出勤姿を眺めた。虫も殺せないような風情が漂っている。

「虎の初恋の相手じゃないか、っていう可能性が高いの。今まで高徳護国流関係者が絡んでも淡々としていたのに、その可愛い館長にだけは明らかに態度が違うのよ」

案の定というか、リキの初恋相手だと確定したわけではない。それでも、石頭らしからぬ言動と館長の可憐な容姿で初恋疑惑が湧《わ》いたのだろう。

「どんなふうに？」

「魔女の反対を押し切って、虎は可愛い館長のために宋一族に仕掛けたの。宋一族に鉛玉を撃ち込まれても突撃したわ」

「……もしかして、レイプの動画を奪い返した？」

「姐さん、カンがいいわね。そうよ。宋一族の難攻不落のアジトに忍び込ませて、動画を処分させて、パーティでは首領に鉛玉をお見舞いしたの」

眞鍋組にも諜報部隊にもそんな余力はないくせに、とエリザベスは暗に匂わせている。とりもなおさず、常に冷静沈着な虎とは思えない行動への驚愕が大きい。

「首領は亡くなった？」

「頭や眉間《みけん》を狙《ねら》わせなかったから首領は生き延びたわ」

「……リキくんは館長が好き？」

高徳護国流は門弟を大切にすると評判だが、今までの虎は宗主の次男とは思えないドライさだった。話だけ聞いていれば、リキの館長に対する好意は明らかだ。……明らかだが、リキがリキだけに判断できない。

「館長を愛しているとしか思えない虎の行動に眞鍋はひっくり返った。氷のキャリアとのラブホ入りパニック以上……みたいよ。事実だけ言ったわ」

ふぅ〜っ、とエリザベスは話し終えると、大きな息を吐いた。大仕事を終えたような疲労感が漲《みなぎ》っている。

「知らなかった」

「頭の中にタピオカでも詰まっていたのかしら？」

エリザベスの嫌みにいちいちつき合っていられない。氷川はスズランのような館長と氷の警視総監候補が心配だ。

「……その館長も正道くんも無事だね？」

「館長は今でも宋一族の首領に捕食されているわ。だから、虎と氷のキャリアが助けようとしている……みたいよ」

エリザベスの口ぶりから、宋一族とリキの攻防戦が続いていることに気づく。正道まで絡んでいたらやっかいだ。

「館長がリキくんの初恋相手なら、正道くんにとって恋敵なのに助けようとしている？」

「熱血剣士の関係は理解できないわ。主観混じりの意見を聞きたい？」

「主観混じりの意見ならジュリアスのオーナーに聞く」

昨夜、元竿師《さおし》の桐嶋《きりしま》が色恋のプロことオーナーの見解を求めていた理由がよくわかる。おそらく、桐嶋や藤堂《とうどう》もリキの真意が量りきれないのだろう。氷川はエリザベスが真っ赤な嘘を羅列しているとしか思えない。

「言ってくれるわね。ここからが本題よ。魔女と虎は宋一族とは組まないけれど、サメや諜報部隊は組みたがっているわ。ここで姐さんに宋一族の肩を持たれると困るの」

宋一族と楊一族の対立は香港返還前も返還後も今も変わらない。どうも、眞鍋組内にはいろいろな思惑があるようだ。

「清和くんに交渉しなさい」

「死人相手に交渉する暇はないわ」

「清和くんは死んでいません。これ以上、偽情報に惑わされないように気をつけなさい」

氷川は毅然《きぜん》とした態度で言ってから、エリザベスに背を向ける。足早に医局に向かえば、エリザベスは追ってこなかった。

清和くんは、絶対に生きている。

僕をおいて逝《い》ったりはしない、と氷川は自分で自分に言い聞かせた。とりあえず、あれこれ思い悩むのは後だ。

5

病棟の夕方の回診を終えた後、残業はせず、氷川《ひかわ》はロッカールームから連絡を入れた。待ち合わせ場所に行けば、豊かな緑に囲まれた空き地に送迎用の黒塗りのメルセデス・ベンツが停《と》まっている。眞鍋《まなべ》組構成員でもなければ諜報《ちょうほう》部隊のメンバーでもなく、ホストクラブ・ジュリアスのナンバーワンが立っていた。

「姐《あね》さん、お疲れ様です」

京介《きょうすけ》にお辞儀をされ、氷川は驚愕《きょうがく》で目を瞠《みは》った。

「どうして、京介くん？」

「昨夜、せっかくジュリアスにいらしてくれたのに、楽しんでいただけなかったお詫《わ》びに参上しました」

阿鼻叫喚《あびきょうかん》のプロレス会場と化したらしいが、ゴジラの異名を持つホストには掠《かす》り傷《きず》ひとつない。

「どこかに卓《すぐる》くんやイワシくんがいるの？」

氷川は木々の間や草むらに眞鍋組関係者が潜んでいないか見回した。

「今日の送迎係は俺です。拉致《らち》ではありません」

京介は華やかな美貌《びぼう》を曇らせ、先日の寒野禮《かんのれい》の騒動を自嘲《じちょう》した。あの日、氷川を迎えに来た眞鍋組の男を叩《たた》きのめし、氷川を車に乗せたのは暴走族上がりのカリスマホストだ。ゴジラには眞鍋の精鋭が束になってかかっても敵《かな》わない。

「……拉致？　最初から綺羅《きら》くんや利羅《りら》ちゃんのことを話してくれたらよかったのに……そうすればショウくんたちだって協力したと思う」

「何度も相談しようとしましたが、あの馬鹿《ばか》相手には相談することもできなかった」

乗ってください、と京介にスマートに促され、氷川は後部座席ではなく自分で助手席のドアを開けて滑り込む。

「姐さん、デートをお望みですか？」

さすがというか、当然というか、京介は氷川が助手席を選んだ理由に気づいている。軽く微笑《ほほえ》みながら運転席に腰を下ろし、慣れた手つきでシートベルトを締めた。

「京介くん、どうせ病院内であったことを祐《たすく》くんあたりから聞いているんでしょう。行き先は速水《はやみ》総合病院……にはいないのか。速水探偵事務所に向かってほしい」

エリザベスの言葉も動画も信用できない。眞鍋組の男たちも真実を明かしてくれるとは限らない。ショウや宇治《うじ》といった嘘《うそ》をつけない男たちは逃げ回り、きっと捕まえられないだろう。

「姐さんを楽しませろ、と魔女に申しつけられました」

祐がわざわざ京介を指名したのならば、間違いなく何か裏があるはずだ。最悪の予想は深淵《しんえん》に沈める。

「うん、今の僕が一番、行きたいところだ。京介くんは僕のボディガードも兼ねているんでしょう。僕を眞鍋組三代目組長だと間違えて襲う人たちから守ってください」

「畏《かしこ》まりました」

京介は王子様スマイルを浮かべると、アクセルを踏んだ。あっという間に、茜色《あかねいろ》に染まる高級住宅街を駆け抜ける。

氷川が見る限り、車にもバイクにも尾行されている気配はない。

「京介くんも清和《せいわ》くんの死亡説を聞いた？」

氷川が溜《た》め息《いき》混じりに尋ねると、京介はハンドルを右に切りながら答えた。

「一時間に一度ならず二度三度、耳に飛び込んできます」

「ショウくんや宇治くんはなんて言っているの？」

「あいつらは話にならない」

京介の美麗な横顔から元暴走族仲間への尋常ならざる怒りが発散される。ショウや宇治が迷惑をかけていることは確かだ。

「祐くんやリキくんは？」

「魔女や虎《とら》はたとえ二代目が死んでもボロは出さないでしょう」

京介はサラリと言ったが、氷川の背筋に冷たいものが走る。想像することもできない恐怖にいてもたってもいられない。

「京介くん、清和くんは無事だよね？」

「二代目が殺されていたらショウが寒野を嬲《なぶ》り殺《ころ》している。支倉《はせくら》組にもバイクで突っ込んでいるんじゃないですか？」

京介の言葉にはなんとも言いがたい説得力があった。氷川も納得せざるを得ない。無意識のうちに、コクコクと頷《うなず》く。

「……そうだね。清和くんが殺されていたらショウくんは暴れている」

「姐さんが不安になったらおしまいです。速水探偵事務所ではなく夜景の綺麗《きれい》なレストランでキャビアでも食べませんか？」

京介の言い分にも一理あるが、氷川は確かめなければ気がすまない。眞鍋組の動向が不自然なのは明らかだ。

「……気になる。気になって仕方がないんだ。一度、速水探偵事務所に行ってほしい」

「姐さんの希望通りにしますが、探偵事務所に行ってどうするのですか？」

「京介くんが刑事に化けて……無理か……僕が刑事に……」

氷川は途中まで言いかけ、今さらながらに思い直す。ヤクザのような刑事がいるのは知っているが、白馬に乗った王子様のような刑事は見たこともないし、聞いたこともない。氷川自身、刑事に扮《ふん》する自信はない。

「俺も姐さんも刑事は無理がありすぎると思います」

「……う、う〜ん、僕は警察のキャリアならなんとか……」

「警察のキャリアも無理です」

京介に真顔で断言され、氷川は低く唸《うな》った。

「……うぅ……麻薬Gメンなら大丈夫だよね？」

ホストのような麻薬取締官《まやくとりしまりかん》がいたから、いろいろなタイプがいるはずだ。氷川は単純に思ったが、京介は苦笑を漏らした。

「絶対に無理です」

「……なら、私立探偵にしよう。僕が探偵で京介くんが助手だ」

この手があった、と氷川は光明を見つけ、手を打った。私立探偵ならばどんなタイプでもしっくりするはずだ。何より、風変わりな俊英《しゅんえい》も、同業者に興味を持ってくれるかもしれない。

「今までの人生の中、探偵の助手に指名されたのは初めてです」

「京介くんなら探偵でも助手でもナンバーワンになる」

「姐さんの命令には逆らえない。俺は今から探偵の助手です」

「ありがとう。ワトソンくん」

「ホームズ先生、俺がワトソンですか？」

「……あ、ホームズは俊英先生だから駄目だ。京介くんは小林《こばやし》少年だ」

「俺が小林少年なら、姐さんは明智小五郎《あけちこごろう》先生ですね」

　京介はどこか楽しそうに微笑むと、赤信号でブレーキを踏んだ。いつしか、氷川を乗せた車は郷愁を誘うレトロな街並みを進んでいた。黄昏色《たそがれいろ》に染まった駄菓子屋や畳屋など、大都会とは思えない一昔前の風景だ。

「……京介くん、肝心なところ、祐くんはいったいどんな知的好奇心をそそる事件を作り上げたのかな？　祐くんが連続殺人事件の依頼人で木村《きむら》先生が証人で清和くんが重要参考人で眞鍋組総本部が眞鍋興業ビルに間借りする眞鍋商社だとは聞いたけれど……」

　氷川は医局でそれとなく聞いたが、誰も速水俊英と交流がなかった。大金を積んだり、圧力をかけたりしても、俊英の診察やオペは受けられないという噂《うわさ》は定着している。

「探偵と助手ではなく、重要参考人に金を貸して困っている医者とホストの設定でどうですか？」

「僕がホストで京介くんが医者？」

　思いがけなく、氷川は歌舞伎町《かぶきちょう》で新人ホストになった経験がある。女性に夢を売る仕事は大変だと知った。

「……驚いた。俺がホストで姐さんが医者です。俺も姐さんも演技はいりません」

「そうだね。僕と京介くんが清和くんにお金を貸して、返してもらえないから困っていることにしよう……あれ？　街の雰囲気が変わったね？」

いつの間にか、車窓の向こう側に広がる街並みが一変していた。英国製紳士服店や英国発のアロマサロン、英国風パブや英国王室御用達《ごようたし》の紅茶店など、英国の街に紛れ込んだような錯覚に陥る。それも七つの海を制した大英帝国時代だ。

「そうですね。下町ムードが一気に英国ムードに変わりました。英国好きの客と一緒に遊びに来たことがあります」

京介は懐かしそうに英国料理のレストランに視線を流した。扉のユニオンジャックが誇らしそうに靡《なび》いている。在りし日の清和が好きそうな、クマの大きなぬいぐるみが飾られている英国雑貨店もあった。帰り道、清和への見舞品としてクマグッズを買って帰るのもいい。

「……あ、洋館のティールーム？」

氷川は、重要文化財に指定されているかのような英国風の洋館を見つけた。女性が好きそうないかにもといった建物だ。こぢんまりとした庭園では、色とりどりの薔薇《ばら》が咲いている。

「その洋館が速水探偵事務所です」

京介はサラリと言うと、ブレーキを踏んだ。洋館の前にはすでに黒塗りのキャデラックが停車している。

「……え？　ティールームじゃないの？」

「ティールームは隣です。クロテッドクリームをつけたスコーンが美味《おい》しかった。テイクアウトのショートブレッドとダンディーケーキは勉強の余地が大いにあります」

氷川がシートベルトを外すと、英国風の洋館の扉が開き、長身の貴公子に追いだされるような形で大男がふたり、渋々といった様子で出てきた。

「……あ、洋館から人が出てきた？」

「姐さん、俺は洋館にマッチしないふたりに見覚えがあります」

京介に指摘されるまでもなく、氷川も記憶に新しい男たちだ。

「京介くん、僕も見覚えがある。……支倉組の若頭の後藤田《ごとうだ》さんと俊英先生？　……スキンヘッドの支倉組構成員もいる……ええ？」

どうしてこの場に支倉組の若頭と構成員がいるのだろう。

何を喋《しゃべ》っているのか聞こえないが、後藤田は真剣な顔で詰め寄り、俊英は貴公子然とした態度で接している。どこからどう見ても、楽しい会話を交わしているようには思えない。スキンヘッドの構成員は今にも殴りかかりそうな剣幕だ。

「姐さん、気づかれないように顔を伏せてください」

京介は黒縁メガネをかけ、氷川は助手席で顔を伏せた。

「……う、うんっ」

「……この様子だと支倉組も二代目の死を確かめにきたようですね」

京介はスマートフォンを操作するふりをしつつ、洋館の前の俊英や後藤田を冷静に観察した。

「支倉組も確かめにきた？」

どうして、支倉組の若頭が不夜城の覇者の生死を確認しなければならないのだろう。氷川は顔を上げそうになったが、すんでのところで下げる。ここで後藤田と目が合ったら元も子もない。

「支倉組にとっても二代目の生死は重要なんでしょう」

「寒野さんの責任が支倉組の責任になるから？」

「表向きはそうかもしれませんね」

京介の声音から察するに、何か裏を感じ取ったようだ。氷川は顔を伏せたまま、くぐもった声で尋ねた。

「どういうこと？」

「……あ、後藤田とスキンヘッドが帰っていきます」

「京介くん、どんな顔をしている？」

「不細工です」

京介は男のルックスに対し、あれこれ言うタイプではないが、いつになく声音は冷たい。氷川は面食らったが尋ね返した。

「そうじゃなくて、どんな表情？」

「眞鍋食品会社設立を聞いた時の安部《あべ》さんのような顔です」

「わからない」

「姐さん、もう大丈夫です。顔を上げてください」

京介の言葉で氷川が顔を上げた時、俊英は扉の前でスマートフォンを操っていた。端麗な天才外科医の顔にはなんの感情も出ていない。

「京介くん、俊英先生が洋館内に入ってしまう前に行こう」

扉の前で捕まえたほうがいい、と氷川は勢い込んだ。

「姐さんは現役の内科医です。念のため、俺が話をしますから姐さんは黙っていてください。設定は変更して、借金ではなく妊娠です」

支倉組の若頭の出現で思うところがあったのか、京介はいきなり設定を変えた。黒いピンで髪の毛を留める。それだけでガラリとムードが変わった。

「……妊娠？　京介くんが妊娠？　ショウくんの子供？」

氷川が勢い込んで言うと、京介のメスで整えたような目が曇った。

「姐さんをさしおいて妊娠しません。第一、奇跡が起こって俺が妊娠してもショウの子供じゃありません」

「京介くんが妊娠したらショウくんの子供でしょう」

「どうして？」

「京介くんにはショウくんしかいないから」

ショウくんにも京介くんしかいないし、と氷川はその場で全力を傾けて力んだ。これ
ばかりは譲れない。

「やめてください」

「ショウくんと京介くんは永遠です」

「……もう行きましょう」

京介は苦笑混じりに言うと、運転席から降りた。設定上、氷川のために助手席のドアは
開けない。

「うん。上手《うま》く聞きだしてほしい」

一歩遅れ、氷川は京介の背中に続いた。

俊英はスマートフォンを手にしたまま、扉の向こう側に消えようとする。間一髪、京介
が声をかけた。

「失礼します。探偵の速水俊英先生ですね？」

探偵、という京介のイントネーションが普段と違う。それゆえ、俊英は足を止めてくれ

たのだろう。

「いかにも」

「初めまして」

京介はホストクラブ・ジュリアスの名刺を慣れた手つきで俊英に差しだす。華やかな美形と上品な貴公子が並んでいる姿はまさしく名画だ。

「……ホスト？」

俊英は名刺に刻まれた文字に目を通す。ホストという職業に対する感情は読み取れない。ただ、嫌悪感を抱いている気配はない。氷川はホームズを名乗る天才外科医に全神経を集中させた。

「奨学金が返せなくてホスト業界に飛び込みました。学生時代の親友の悩み事を辿《たど》っていたら、速水俊英先生に辿り着きました」

「君の親友か」

俊英は京介から氷川に視線を流した。

初めまして、と氷川は深々と神の手を持つ天才外科医に頭を下げる。あとは接客のプロに任せるだけだ。

「実は僕の親友の妹が妊娠しました。恋人に妊娠を告げた途端、連絡が取れなくなったそうです。どうやら弄《もてあそ》ばれたようなんですが……この男です。ご存じですね？」

京介はスマートフォンの画面に映る清和の姿を俊英に見せた。氷川は妊娠した妹を持つ兄のふりをする。

「存じている」

「親友の妹は泣くばかり……精神的にも追い詰められています。このままだと自殺しそうです。どこにいるか、教えてください」

京介が頭を下げたから、氷川も深々とお辞儀をした。

「残念ながら、亡くなった」

天才外科医が淡々とした口調で言った瞬間、氷川は鉈《なた》で首を切り落とされた。……そんな気分だ。喉《のど》が恐怖で鳴り、下肢がガタガタと震える。

嘘だ。

絶対に嘘だ。

俊英先生は祐くんに何か言い含められているんだ、と氷川は崩れ落ちそうになる下肢に力を入れた。

「俊英先生が助けたのでしょう?」

京介が縋《すが》るような顔で言うと、俊英は抑揚のない声で答えた。

「僕が駆けつけた時にはすでに亡くなっていた。手の施しようがなかった」

「俊英先生が助けたと聞きました。親友の妹が哀れです。結婚や認知を迫ったりはしな

い。一度でいいから親友の妹に会ってやってほしい。それだけなんです」

京介は綺麗な目を潤ませ、俊英の見るからに仕立てのいいスーツを摑《つか》んだ。グイグイ、と昂《たか》ぶった感情を表すかのように引っ張る。

けれど、我に返ったように手を離す。

京介の演技だと、氷川はなんとなく気づく。しかし、俊英の表情はまったく変わらなかった。

「彼は神に召された」

まさしく俊英は、患者の死を遺族に告げる外科医のようだ。そこだけ、空気が違う。

「親友の妹を少しでも哀れと思うなら教えてください。彼は生きていますよね？」

「妹さんは君と兄上で支えなさい」

帰りたまえ、と俊英は悠然と言うと、洋館に入ってしまった。取りつく島もない。

いつの間にか、英国風の洋館を染めていた色は黄昏色から夜色に変わっている。心地よいはずの夜風が突き刺すように痛い。

氷川は呆然《ぼうぜん》とその場に立《た》ち竦《すく》む。

「……京介くん、今のは嘘だよね？」

「……車の中へ」

京介に優しく促され、氷川は助手席に乗り込んだ。洗練された動作で京介は運転席に乗り込む。

「京介くん、俊英先生は嘘をついているんだよね？」

氷川のシートベルトを締める手も声もが震えたが、京介はいつもと同じ調子で言った。

「出します」

京介がアクセルを踏めば、夜の帳《とばり》に覆われた英国風の洋館が瞬く間に小さくなる。当然、氷川はライトアップされた英国風の街並みを眺める余裕がない。

「……京介くん……嘘だよね？　祐くんが手を回して、俊英先生に嘘をつかせているんだよね？」

氷川が真っ青な顔で呟《つぶや》くように聞けば、京介はスピードを上げながら答えた。

「魔女ならやりそうですが……」

「どうして、祐くんは俊英先生に嘘をつかせるの？」

長江《ながえ》組の脅威が大きい中、清和の死亡説が流れていることは不利だ。氷川は眞鍋の昇り龍に命を捧《ささ》げた参謀が理解できない。

「魔女の書くシナリオなら、二代目のためでしょう」

京介は眞鍋の昇り龍に捧げた祐の忠誠を疑わない。氷川も底意地の悪い参謀を信じていないわけではないけれども。

「何故《なぜ》、祐くんは清和くんの死亡説を増長させるようなことをするの？　楊《よう》一族まで清和くんが死んだと思って三代目の話をしている。眞鍋組の三代目は僕みたいだ」

「姐さん眞鍋組三代目説を何度も聞きました。本気にしている奴《やつ》が多いから戸惑いましたね」

「祐くんはいったいどういうつもり？」

「たぶん、魔女は見えない敵を炙《あぶ》りだそうとしている」

祐は眞鍋組で最も汚いシナリオを書く策士だ。氷川自身、驚愕したことが何度もあるが、今回も祐が書いたシナリオに添って進められているのだろうか。

「見えない敵？　長江組？　ゴキブリみたいにどこかに隠れたまま？」

「今朝、ショウがシめた関西弁の男が長江組の準構成員だったらしい。桐嶋《きりしま》組のシマでも長江組準構成員を見つけたそうです」

京介は天気の話をするようにサラリと語った。ショウの派手な武勇伝は電光石火で駆け巡るらしい。

「準構成員？」

「長江組の正式な構成員じゃないから、ヤバいことをさせるのにうってつけの駒《こま》です。使い捨ての兵隊ですね」

「京介くん、ショウくんと一緒にギョーザを食べたい」

氷川は嘘がつけない単純単細胞をターゲットに定めた。清和は生きていると信じているが、異常事態が続くだけにいてもたってもいられない。ショウを釣るなら夜景の綺麗なレストランではなくニンニクたっぷりのギョーザだ。

「姐さん、シめるのならば魔女か虎です」

「祐くんとリキくんが口を割ると思う？」

魔女による意趣返しや寡黙な虎を思いだせば、氷川の白皙《はくせき》の美貌が自然に歪《ゆが》む。感情が読めない鉄壁の男たちだ。

「核弾頭が爆発する危険を察知したら、魔女であれ虎であれ、説明すると思います」

「王子様とは思えない棘《とげ》のあるセリフだけど……そうだね。そういう手があるね。その手しかないのかな」

「確かに、おかしい」

京介は思案顔でバックミラーを一瞥《いちべつ》した。速水探偵事務所から大型バイクと白のセダンがずっと尾《つ》いてくる。眞鍋組関係者の護衛だろうか。

「京介くんもそう思う？」

「魔女はいったい何を炙りだそうとしているのか？」

「綺羅くんや利羅ちゃんたち……吉平《きっぺい》くんは無事だよね？　寒野さんと吉平くんがまた何か悪いことをしていないよね？」

氷川が案じていたことを尋ねると、京介はにっこりと微笑んだ。

「……ああ、吉平は命より子供たちが大事です。俺や太夢《たいむ》たちが説教しましたし、魔女が釘《くぎ》を刺したそうですから、二度と子供たちを泣かせることはないでしょう。頼れる親戚《しんせき》がいる水戸《みと》に戻りました」

京介が太鼓判を押したならば大丈夫だろう。元寒野組の若頭はいい父親となって子供たちを育てていくはずだ。

「……ほかに炙りだすとすれば……まさか、清和くんの愛人と隠し子とか？　清和くんが死んだとわかれば遺産目当てに隠し子が出てくるとか？　……愛人と隠し子を炙りだそうとしているの？」

はっ、と氷川は立っているだけで数多《あまた》の女性を魅了する美丈夫を思いだした。今までに魅力的な据《す》え膳《ぜん》もたくさん用意されたのだ。今まできっちり据え膳を平らげてきたというから、隠し子のひとりやふたりいてもおかしくはない。

「姐さん、冴《さ》え渡《わた》る妄想力に感服します」

京介にシニカルに微笑まれたが、一度、火がついた嫉妬心《しっとしん》は鎮まらない。疑惑は疑惑を呼ぶ。不夜城の闇《やみ》病院にも清和の子供を想像妊娠した女性が飛び込んできた。

「京介くん、眞鍋組総本部に行って」

氷川が目を吊《つ》り上《あ》げて言うと、京介は楽しそうにふっ、と噴きだした。

「本気で隠し子だと思っているんですか？」

「清和くんの隠し子じゃなかったら、先代組長の隠し子とか？」

「先代組長の隠し子ならば、先代の死が公表された時に出てきませんか？」

先代の遺児が存在すれば、自身に野心がなくても、不夜城を狙《ねら》う輩《やから》に利用され、担ぎ上げられていたかもしれない。

「清和くんが怖かったから名乗りでられなかったとか？　……ん、やっぱり清和くんの隠し子かな？　清和くんのことだから絶対にどこかに隠し子がいるよね？」

氷川の脳裏は愛《いと》しい男に絡みつく豊満な美女でいっぱいだ。邪険に追い払おうとしても払えない。

「姐さん、据え膳でも二代目の子供を妊娠したかったと思います。妊娠したら堂々と二代目に告げて、男としての責任を迫っていたでしょう」

「清和くんは責任を取らないで逃げたの？」

「二代目はそんな男ですか？」

「……う……吉平くんみたいな子煩悩なパパにはなれないと思うけど、金銭的な援助はするる？」

たとえ、清和が望まなかった子供でも、授かった命をむげにするとは思えなかった。自身の経験から、貧窮しないように経済的な援助はたっぷりしていたはずだ。

「はい。俺も二代目ならある程度の責任を取っていると思う。かりに隠し子がいても魔女が炙りだす必要はないのでは？」

「……隠し子……やっぱり清和くんの隠し子だよね？　隠し子のママ……清和くんの愛人がいるんだよね？　元据え膳の愛人なのかな？　きっと清和くんの据え膳だから若くて綺麗だよね？　胸が大きな女の子だよね？　……京介くん、隠し子を利用する隠謀を祐くんは炙りだそうとしているのかもしれない。スピードを上げて」

　氷川の嫉妬が火だるまになって暴走し、自分で自分がコントロールできない。運転席の京介に向かって手を振った。

「姐さん、素晴らしい妄想力です」

　京介は口ではいろいろと言いつつ、眞鍋組が支配する街に進んだ。尾けてくる車とバイクが妨害する気配はない。

「長江組が清和くんの隠し子を利用しようとしているのかもしれない」

「絶対に違うと思います」

「カーレースの時みたいに走って」

　先日のカーレースの際、氷川は京介のハンドルさばきに驚嘆した。それ以上に眞鍋組の韋駄天《いだてん》はすごかった。

「エンジンを焼き切ってもいいんですか？」

「エンジンなんて焼き切ってもいい。清和くんの隠し子の問題を処理する。隠し子の母親と話し合う」

「姐さんをこのままお連れしたら、眞鍋のスカウトがなくなりそうです。スピードを上げますから摑まってください」

ここで俺に無能の烙印《らくいん》を押してくれたら楽だ、と京介の目は雄弁に語っている。だいぶ前から、京介は執拗《しつよう》な眞鍋組のスカウトに辟易《へきえき》していた。ホストという枠に収まりきらない才能の持ち主だから無理もない。

「……うん、京介くん、もしかしたらそれは嫌みなのかな？」

「嫌みではありません」

京介の王子様スマイルを見て、氷川は嫉妬に燃える目で頷いた。

「そうだね。王子様が僕に嫌みなんて言わない。怒るのは、食べ物をすべて食べてしまったショウくんにだけだよね」

「俺は二代目や虎に何度も感情を爆発させました。ヤクザは嫌いだって言っているのに、しつこい。支倉組も櫛橋《くしはし》組も尾崎《おざき》組も竜仁《りゅうじん》会もしつこいけど、一番しつこいのは眞鍋組です」

もはや、京介の言葉は氷川の耳に入っていなかった。……いや、届いていたが、理解していなかった。

「……うん、大丈夫だよ。子供にはなんの罪もない。僕も子供には幸せになってほしい。

清和くんの子供のためなら、僕もできる限りのことはする……けど、清和くんと若くて綺麗なママの復活愛は……復活愛は……」

「姐さん、眞鍋組のシマです」

氷川の嫉妬爆弾が炸裂《さくれつ》しているうちに、京介がハンドルを握る車はギラギラしたネオンが輝く不夜城に入る。氷川の視界には見覚えのあるガラス張りのビルや雑居ビルが飛び込んできた。ショウお気に入りのギョーザ店を通り過ぎる。

「京介くん、ショウくんがギョーザ屋にいないね？」

ギョーザ店にもラーメン屋にも唐揚げ専門店にも、警備員のように眞鍋組構成員は立っているが、韋駄天の姿は見当たらない。各自、助手席にいる氷川に気づくと、慌てたように一礼した。

「今はゴキブリを見たくないです」

京介は焼き鳥屋台の店主に会釈をしつつ、吐き捨てるように言い放った。

「いくらなんでもショウくんをゴキブリに喩《たと》えるなんてひどい」

「姐さんの仰《おっしゃ》る通りです。ゴキブリに失礼だ」

「京介くん、そんな意地悪を言わないでほしい。ショウくんに猫のチョコレートをプレゼントさせるから」

氷川が男にしては繊細な手を振った時、車は高級クラブや高級キャバクラの看板が並ぶ通りに入った。大衆向けの飲食店が目についた先ほどの通りより、立っている眞鍋組構成員の数が圧倒的に多い。よくよく見れば、剛健な眞鍋組構成員の隣には桐嶋組構成員まで並んでいる。

「……タイミングが悪い」

京介が独り言のように零《こぼ》したが、道を変えたりはしなかった。そのまま鋼のようなヤクザが立ち並ぶ通りを進む。眞鍋組構成員はいわずもがな桐嶋組構成員や支倉組構成員、竜仁会の男たちまで、車内の氷川の姿を見た瞬間、その場で礼儀正しくお辞儀をした。

「京介くん、何かあったんだね？　恐ろしい人がたくさん並んでいる」

「恐ろしい人たちは二代目の舎弟と桐嶋組長の舎弟です。支倉組や竜仁会の戦闘員も揃《そろ》っていますね」

「竜仁会？　あの関東の大親分の？」

「……あれ、あのむさ苦しい団体に見覚えがありませんか？」

京介の視線の先には、眞鍋組資本のクラブ・ドームから出てきた屈強な男たちの団体がいた。国民的女優に似たママや錚々《そうそう》たる美女たちが、媚《こ》びを含んだ笑みで見送っている。

「……え？　……あ、リキくんや支倉組長がいる？　竜仁会の会長も？」

猛々《たけだけ》しい男たちの中でも、一際存在感を放つ眞鍋組最強の男がいた。隣は暴力団の共存を提唱する竜仁会のトップだ。氷川も面識があるが、仁義が廃れた極道界を嘆く昔気質《むかしかたぎ》の大親分だった。桐嶋も竜仁会会長の傍らにいる。

「桐嶋組長もいますが、藤堂《とうどう》さんはいませんね」

京介は瞬時に藤堂の姿を探したらしい。つられるように、氷川も極道の団体の中に紳士然とした元藤堂組組長を探した。

「竜仁会の会長は伝説の花桐《はなぎり》っていうヤクザがお気に入りで、息子の桐嶋さんも気に入って……どうして藤堂さんがいないのかな？」

竜仁会会長を守るように桐嶋やリキ、支倉組長が並んでいる。綺麗に着飾った夜の蝶《ちょう》が侍《はべ》り、剛強な極道たちが輪のように立っていた。この警備態勢ならば、死を覚悟したヒットマンが飛び込んでも、極道の輪に取り押さえられるだろう。

つい先ほど、速水探偵事務所で見かけた支倉組の若頭やスキンヘッドの構成員もいた。このメンツの中では弾《たま》よけの兵隊だ。

「一応、藤堂さんはカタギになりましたから……そういうことなのかな……」

「そんなの、桐嶋さんがちょっと目を離した隙《すき》に藤堂さんはどこに行ってしまうかわからないのに……あ、あれ？　清和くん？」

ひょい、とクラブから最後に出てきたのは、眞鍋組の顧問である橘高《きったか》と二代目組長の清和だ。

一瞬、氷川は目の錯覚かと思った。

「……二代目もいますね。元気そうです」

「……よ、よかった……清和くん……」

氷川が目を潤ませた瞬間、不気味な銃声が鳴り響いた。ズギューン、ズギューン、ズギューン、と連続で三発。

長身の男が倒れた。

眉間《みけん》を撃ち抜かれて。

「……二代目っ？」

「……会長ーっ？」

竜仁会会長も急所を狙われたようだが、咄嗟《とっさ》に隣にいた桐嶋が身を挺《てい》して庇《かば》った。桐嶋は自身の身体《からだ》で二発、銃弾を受け止める。

「……く、組長？　組長？」

一瞬にして、修羅場と化す。

これらは一瞬の出来事で、氷川は瞬きをすることもなかった。映画かドラマの撮影のように見えた。

嘘だ。

絶対に嘘だ、と氷川は助手席から飛び降りた。

「姐さん、車の中に戻りましょう」

目にも留まらぬ速さで運転席から降りた京介に、腕を摑まれて、氷川は否応《いやおう》なく立ち止まった。

「……う、ううん……清和くんのところに……」

「危険です」

京介の声はこれ以上ないくらい優しいが、クラブ・ドームの前では甲高い悲鳴と太い罵声《ばせい》が交錯している。通りはグレードの高いメルセデス・ベンツやベントレー、キャデラックで埋め尽くされた。

「……い、今、僕の清和くんが……」

眉間だった。いくら悪運が強い男でも、眉間を撃ち抜かれたら助からない。リキや橘高が額から血を流した清和を黒塗りのリンカーンに運んでいる。血まみれの竜仁会会長と桐嶋はリムジンの中だ。

「二代目は無事です」

京介の温和な声が白々しい。

氷川の心は砕けた。

「……せ、清和くんーっ」

氷川は京介の腕を振り切って、愛しい男に近づこうとした。

しかし、京介の腕はいつになく強い。ガバッ、と拘束するかのように肩を抱き込まれてしまう。

「姐さん、落ち着いてください。あれは本物の二代目ですか？」

京介に肩を揺さぶられ、氷川は我に返った。

「……え？」

「ショウが護衛についています。本物の二代目が殺されたら、ショウはあんなに落ち着いていない」

見てください、とばかりに京介は横目でクラブ・ドームの前に立ち並んでいるショウを指した。

清和に忠誠を捧げた特攻隊長が暴れもせず、宇治や吾郎《ごろう》といったほかの構成員たちと同じように冷静に応戦態勢を敷いている。

確かに、氷川の知る鉄砲玉の行動ではない。

「……え？　清和くんの影武者？」

氷川も清和によく似たショコラティエは知っていた。眞鍋組に清和の影武者として使われていることも。

「ここで姐さんが騒いだら敵の策にハマるだけです」

ズシリ、と京介の言葉が刃《やいば》となって氷川の胸に突き刺さる。確かに、ここで暴れたら元も子もない。

「……あ」

「敵の応援はお勧めしない」

「……そ、そうか……ショウくんが……あのショウくんが……」

眞鍋組の特攻隊長がらしからぬ落ち着きを見せている。氷川は京介に導かれるまま、送迎用の車に戻った。

もちろん、氷川は生きた心地がしない。

「姐さん、夜景の綺麗なレストランでキャビアのクレープやピザを食べましょう。デザートはトリュフチョコレートのパフェです。トッピングのクッキーシューとほうじ茶パイが最高ですよ」

京介は温和な声で言いながら、アクセルを踏んだ。花屋の前で立っていた眞鍋組構成員に挨拶代わりのクラクションを鳴らす。

「……眞鍋組総本部に送ってほしい」

「畏まりました」

京介は王子様スマイルを浮かべて承諾してくれた。それなのに、眞鍋組総本部ではなく洒落《しゃれ》た造りのビルの駐車場に進んだ。

「京介くん、行き先を間違えている」

「今夜は俺とデートしましょう」

「無理」

「さっきの狙撃《そげき》を魔女や虎が読めなかったと思いますか？」

予想だにしていなかった京介の言葉に、氷川は上体を大きく揺らした。

「……え？」

「たぶん、魔女や虎はあの狙撃を予感していました。敵を煽《あお》るための手かもしれません。だから、姐さんは平気な顔をして俺と一緒にメシを食いましょう」

京介の見解ならば信用できる。……信用できるけれども。

「……狙撃されたのが清和くんの影武者だって広めるため？」

どうして、そんなことをしなければならないのだろう。氷川には見当もつかないが、京介は真顔で肯定した。

「そうです」

「……と、遠目だからよくわからなかったけど……清和くん？　……確かに、ちょっと清和くんじゃなかったかもしれないけれど……影武者も可哀相《かわいそう》だ……竜仁会の会長も……桐嶋さんも狙撃された……無理……」

悪夢でも見ているような心境だが現実だ。氷川にとって桐嶋も大事な存在だし、竜仁会会長は関東の平和のためにいなくてはならない中心人物だ。清和の影武者のショコラティエにしても好感を抱いた青年だった。誰ひとりとして欠けてほしくない。ポロリ、と氷川の目から大粒の涙が溢《あふ》れる。

「お優しいんですね」

女の子だったら涙を舐《な》め取《と》るのに、と京介は夢の国の王子様スマイルを浮かべた。醸しだす王子様フェロモンも常より凄絶《せいぜつ》だ。

「どうしてそんなに平然としていられるの？」

「あいつらがヤクザだからです」

今さら何を言っているんですか、と京介は暗に匂《にお》わせている。なんとも形容しがたい冷気を纏《まと》う迫力が発散された。

「……京介くん？」

「あいつらは全員、覚悟してヤクザになっている。同情する必要はない」

京介には極道に対する同情がいっさいない。血の通っていない冷血漢に思えた。そんな男ではないと知っているのに。

「……け、けど……」

氷川の目から涙がポロポロと零れても、京介はまったく態度を変えなかった。

「二代目の影武者にしても覚悟しているはずです」

「……そ、それは……あの影武者は流されただけ……」

氷川の清和の影武者に対する言葉を京介はばっさり切り捨てた。

「影武者は自業自得です」

「……京介くん、そんなに冷たかった？」

「今さらですが、俺はショウをヤクザにしたくなかった。その理由を説明する必要はありませんね？」

「……僕も清和くんにヤクザをやめさせたかった……眞鍋組を眞鍋食品会社にしたかった……眞鍋寺でもいい……」

「それこそ、無理です」

京介の言葉は無慈悲なようでいて真理だ。酸いも甘いも知り尽くした熱海《あたみ》の芸妓《げいぎ》もそのようなことを言っていた。

「……京介くん……そんな……」

氷川の涙は止まるどころか、留《とど》めようもなく滴り落ちた。

「今夜はデートどころじゃなさそうですね」

京介にしても氷川の涙にはすこぶる弱い。辛《つら》いらしく、切なそうに溜め息をついた。

「……うん」

「この俺がそばにいるのに、ちっとも俺のことを考えてくれない。姐さんと一緒にいるとホストとしての自信をなくしそうです」

眞鍋組総本部に送ります、と京介は歌うように言うと発車させた。

「……今夜の影武者の狙撃を祐くんやリキくんが予想していたから、僕が取り乱さないように京介くんに見張らせたの？」

「誓って言います。そんな注意付きのデート依頼だったら、俺は引き受けていませんでした」

「……そ、そうか……」

狙撃事件があったせいか、不夜城は騒然としている。パトカーのサイレンが鳴り響き、制服姿の警察官やヤクザのような私服刑事が狙撃現場に向かって走っていた。眞鍋組構成員や桐嶋組構成員、支倉組構成員もいる。当然のように、凄《すさ》まじい殺気を漲《みなぎ》らせている竜仁会の男たちもいる。

狙撃したのはどこの誰だ。

宣戦布告以外の何物でもない。

長江組か、ほかの暴力団か、海外の闇組織か。

なんにせよ、開戦だ。

6

氷川《ひかわ》はあえて眞鍋《まなべ》組総本部の正面出入り口から堂々と入った。

血気盛んな兵隊が慌ただしく走り回り、電話が鳴り響き、古参の幹部の怒号が木霊し、抗争中のように騒然としていたが、詰めていた構成員たちがいっせいに腰を折る。

「お疲れ様です」

若い戦闘員から古参の幹部まで、頭を下げる男たちから並々ならぬ緊張感が漂ってきた。卓《すぐる》や吾郎《ごろう》は視線を外し、逃げるように奥に進む。

「卓くん、吾郎くん、どこに行くの？」

氷川が呼び止めた時、リキが支倉《はせくら》組長とともにのっそりと現れた。背後には先ほどクラブ・ドームの前に立っていた古参の眞鍋組構成員や支倉組の幹部が続く。返り血を浴びたのか、それぞれ、スーツには血がついていた。

誰の血だ、と氷川は喉《のど》まで出かかった言葉を呑《の》み込《こ》んだ。持てる理性を振り絞り、感情を込めずに言った。

「リキくん、クラブ・ドームの前での狙撃《そげき》を目撃しました。速やかに警察に通報し、犯人検挙のための協力をしましょう」

「自分たちは極道です」

表沙汰《おもてざた》にしはしない、とリキの鋭敏な目は雄弁に語っている。警察に告げるなど、極道にとって言語道断の所業だ。

「あれだけ派手に狙撃されたから揉《も》み消《け》すのは無理でしょう」

「その心配は無用に願います」

眞鍋組のみならず竜仁会《りゅうじんかい》や支倉組が裏で手を回したら、発砲事件も極秘に処理できるのだろうか。

「そんなことができる？」

「サツもヤクザに派手な戦争をさせたくありません」

わざと新聞沙汰になるような事件を起こし、名を上げる手段がヤクザにはあった。警察があえて報道規制を敷くケースもあると氷川は耳にした記憶がある。

「……清和《せいわ》くんのところに連れていってください」

「姐《あね》さん、その話はまた後でお願いします」

「僕の清和くんは元気だね？」

氷川が縋《すが》るように聞いた時、奥から祐《たすく》と竜仁会の大幹部、支倉組の若頭である後藤田《ごとうだ》が現れた。眞鍋組の参謀はにっこりと微笑《ほほえ》んでいるが、支倉組の若頭と竜仁会の大幹部の顔色はすこぶる青い。

「姐さん、今夜は京介《きょうすけ》とデートじゃなかったのですか？」

スマートな参謀に猫撫《ねこな》で声《ごえ》で聞かれ、氷川は純美な顔を歪《ゆが》ませた。

「祐くん、キャビアどころじゃなくなった。清和くんのところに連れていってほしい」

「ここで今後について話し合うのはどうかと思いますが、姐さんに暴れられると困ります。話し合いましょうか」

祐が軽く肩を竦《すく》めると、隣にいた竜仁会の大幹部や文倉組の後藤田が同意するように相《あい》槌《づち》を打った。この様子ならば、すでに各暴力団の参謀クラスでなんらかの話し合いがあったのかもしれない。

「……祐くん、どういうこと？」

氷川の質問に対する答えの代わりに質問が返った。

「参考までに姐さんの希望をお聞きします。眞鍋をどうしたいですか？」

眞鍋組を眞鍋食品会社にしたいのか、眞鍋寺にしたいのか、と祐は暗に匂《にお》わせている。

周りの極道たちの視線が氷川に集中した。

「……僕の希望を聞いてくれるの？」

僕の希望なんて知っているはず。

どうしてここでわざわざ聞く。

祐くんのことだから絶対に何か裏がある、と氷川は底意地が悪いくせに清和には一途《いちず》な忠誠を捧《ささ》げている参謀を真《ま》っ直《す》ぐに見つめた。

「一応、参考までにお聞きします」

魔女らしいセリフに氷川は息を吐いた。

「眞鍋組を解散させたら、眞鍋組のシマはどうなる？」

「ここで眞鍋を解散させたら、長江《ながえ》組にシマを奪われることは目に見えている。竜仁会の会長に託すことになるでしょう」

祐が長江組の脅威を口にすると、眞鍋組の古参の幹部たちから低い呻《うめ》き声《ごえ》が漏れた。竜仁会の大幹部には複雑な感情が見える。不夜城というシマは美味《おい》しいが、それだけ危険を伴うからだ。莫大《ばくだい》なシノギが手に入っても、命を取られたら元も子もない。美味なる猛毒、という一言が不夜城にはしっくり馴染《なじ》む。竜仁会は自身のシマが安定しているから、わざわざ美味しい猛毒に手を出す意味がないのだろう。何より、今現在、長江組との抗争の矢面に立ちたくないのだ。

「竜仁会の会長は無事ですね？」

氷川が確かめるように言うと、祐は満足そうに目を細めた。

「桐嶋《きりしま》組長が庇《かば》いましたから」

「桐嶋さんは無事だね？」

「姐さんが暴れなければ静かに療養するでしょう」

祐の皮肉を聞き、氷川は桐嶋の無事を確信した。

セオリー通りにいけば、眞鍋組のシマは竜仁会のものになる。けど、大幹部の様子から判断したら、そんなに欲しがっていない。竜仁会じゃなければ、どこが引き受ける？

清和くんの兄貴分とかは聞かないけれど、橘高《きったか》さんの兄貴分や弟分はいる。支倉組や櫛橋《くしはし》組のシマになるかもしれないのかな、と氷川はざっと不夜城の支配権の行く先を考えた。もっとも、桐嶋が健在とわかったならば、眞鍋組の二代目姐として心置きなく火種を落とすだけだ。

「眞鍋組を解散したら、眞鍋組のシマは桐嶋さんにあげましょう」

氷川が聖母マリアのような微笑を浮かべると、一瞬にしてその場は凍りついた。海千山千の極道たちも石像と化す。

ひくっ、と喉を鳴らしたのは柱の陰から窺《うかが》っていた卓と吾郎だ。

言葉では言い表せない沈黙を祐が破った。

「姐さん、驚きました」

「どうして？」

「橘高顧問の兄貴分が支倉組長であり、二代目の伯父貴分にあたります。シマを譲るならば、支倉組長が妥当です」

祐の説明口調の言葉を聞き、氷川は横目で支倉組長を眺めながら納得した。やっぱりそうか、と。

「僕は二代目姐として言います。寒野禮《かんのれい》さんのお母様を犠牲にした支倉組長を支持しません。ヤクザにはよくある話だといってもひどすぎる。許せない」

氷川が険しい顔つきで凄《すご》むと、支倉組長は辛《つら》そうに頭を下げた。若頭の後藤田やスキンヘッドの構成員もいっせいに俯《うつむ》く。

「姐さん、感情的にならないでほしい」

「支倉組長が眞鍋組のシマを受け継いだら、不幸な女性と子供が増える。構成員が支倉組長を真似《まね》て、女性を踏みつけにしたら困るでしょう」

「姐さん、そこまでにしてほしい」

珍しく、祐が困惑顔で止めようとしたが、一度滑りだした氷川の口は止まらない。寒野から少し聞いただけでも支倉の所業は外道だ。

「祐くん、魔女のくせにゲス男の肩を持つんだね」

「支倉組長には橘高顧問が何度も助けられていますから」

「それがどうしたっていうの。橘高さんも健気《けなげ》な女性から搾り取ったお金で助けられたくなかったよね」

「お茶にしませんか？」

祐はエレベーターがある方向を差したが、氷川は首を左右に振った。

「清和くんは無事です。今後の話は無用です」

氷川は般若《はんにゃ》のような顔で凄んでから、リキや眞鍋組古参の幹部を見回した。そうして、トーンを落とした声で言った。

「さっさと狙撃した犯人を捕まえなさい。実行犯と主犯がいると思う。どちらも明らかにして、僕に報告してください」

氷川の命令に応じるように、リキをはじめとする眞鍋組の兵隊たちはその場で一礼した。バタバタと通信室やモニター室に飛び込んだり、勢いよく外に出ていったり、電話をかけたり、各自、動きだす。

「そういうことです。眞鍋組は二代目組長の橘高清和以下、今まで通り、体制を維持します。お気遣いなく」

これで帰れ、とばかりに氷川が支倉組長や竜仁会の大幹部に向かってお辞儀をする。失礼な態度だ。けれど、氷川は清和の死後について話し合うことが我慢できない。

支倉組長はそんな氷川の心情がわかっているのか、感服したようにポツリと零《こぼ》した。

「姐さん、二代目に心底から惚《ほ》れていなさるのか」

「支倉組長、寒野さんのお母様もあなたを心の底から愛していました」

氷川が咎《とが》めるような目で見つめた時、眞鍋組総本部にリキが目をかけている兵隊が飛び込んできた。

「……な、長江組の一団が乗り込んできました。ショウと宇治《うじ》がやり合っていますが、相手が多すぎますーっ」

瞬時に眞鍋組総本部内の空気が一変する。

「長江組の男は殺すな。生け捕りにしろっ」

リキの低い命令とともに、眞鍋組の若い兵隊たちがいっせいに飛びだしていく。加勢するかのように、支倉組の構成員たちも続いた。

リキと竜仁会の大幹部、支倉組長や後藤田は奥にあるモニター室に進む。これから何か込み入ったことを話し合うのだろう。長江組が殴り込んできたとなれば、関東のヤクザは一枚岩になって対抗しなければ危うい。

「狙撃は長江組の宣戦布告だったようです」

祐にそっと耳打ちされ、氷川の背筋に冷たいものが走った。

「……長江組？」

一時、頻繁にメディアを騒がせていた長江組の血で血を洗う抗争が氷川の脳裏を過《よぎ》る。抗争中の長江組にかかれば無法地帯と化す。関西を拠点にした激烈な極道と一般人の正義は違いすぎる。

「竜仁会会長を中心とした眞鍋と桐嶋と支倉の会合を狙《ねら》ったんでしょう。長江らしい宣戦布告です」

京介が言った通り、魔女と恐れられる参謀は予期していたらしく不敵に微笑みながら、エレベーターに進む。

自然な形で、氷川も祐の細い背を追った。

「どうするの？」

「荒っぽいことは荒っぽい男に任せます」

祐の最大にして唯一の弱点は体力がないことだ。自他ともに認めるように、実戦向きではない。

「……そ、それで？」

祐にやんわりと促され、氷川はエレベーターに乗り込んだ。すかさず、祐はフロアが記載されていないボタンを押す。

エレベーターは鈍い音を立てながら上がった。

「姐さんには姐さんにしか任せられない仕事をお願いします」

祐の言い回しから、氷川の瞼《まぶた》には愛《いと》しい男が浮かぶ。二代目姐にしかできない役目となればひとつしかない。

「……清和くんは無事だよね？」

「無事だと思っているのですか？」

チン、という音と同時にドアが開き、氷川は祐とともにエレベーターから降りた。極道色はなく、床も天井も壁も清潔感のある白で統一されているが、ピリピリッとした張り詰めた空気が漂うフロアだ。おそらく、壁に掛けられている大きなテレビや前衛的なデザインの鏡は眞鍋組総本部の司令室と繋《つな》がっているのだろう。よく見れば、鉢植えの観葉植物には監視カメラらしきものが取りつけられている。

「祐くん、狙撃されたのは清和くんの影武者だよね?」

氷川は祐の背中を追いながら、強張《こわば》った声で確かめるように尋ねた。天井の四隅にある監視カメラは気にしない。

「影武者だと思ったのですか?」

「影武者でしょう」

「影武者だと思ったから、あの場で騒がなかったのですか」

祐がシニカルに口元を緩めた時、白いドアが開くや否や、アルマーニのスーツに身を包んだ不夜城の覇者が現れた。

氷川の足が止まる。

心が震える。

……いや、心は震えない。

よく見れば目の切れ方が違う。

清和くんじゃない。

影武者のショコラティエ、と氷川は気づいた途端、愕然《がくぜん》とした。影武者が健在ならば、クラブ・ドームの前で狙撃されたのは何者なのだ、と。

「……え？　……桂木生馬《かつらぎいくま》くん？」

氷川が崩れ落ちそうになる膝《ひざ》を支えつつ、掠《かす》れた声で愛しい男によく似たショコラティエに呼びかけた。

「猫のチョコレートを作るように言われて、セクシー系猫ちゃんチョコ作っていたら、いきなり呼びだされました」

不夜城の覇者に姿形はよく似ているが中身はまったく違う。氷川が知っているのほほんとしたショコラティエだ。

「無事でよかった……けど……え？　え？　……さっき、眉間《みけん》を撃ち抜かれたのは誰？」

氷川の心が砕けそうになったが、ドアの前で祐に手招きされる。

「姐さん、こちらに来てください」

「祐くん、僕の清和くんは無事だよね？　あれは清和くんに似た人形？　清和くんによく似たロボット？」

科学の進化は医療の現場も恩恵を受けている。一日も早く、介護を任せられるロボットの開発を願ってやまない。

氷川はロボットで現実逃避したが、祐がすぐに現実に引き戻した。

「ロボットに竜仁会会長のお相手をさせたら、俺は指を詰めなきゃなりません」

「……あ、あれは本物の清和くんじゃないね？」

ドアの向こう側は黒い革張りの長椅子《ながいす》とテーブルが置かれたスペースだ。事務所の休憩所のような雰囲気が流れている。

シンプルなキャビネットの前を通り、祐はドアの取っ手に手を伸ばした。

「姐さん、狙撃されたのが二代目じゃないと思い込んでいたから、眞鍋組解散を唱えなかったんですか？」

「……なんとなく」

「あの場で眞鍋食品会社や眞鍋寺を宣言されたら困った。助かりました」

祐に珍しくストレートに感謝を告げられ、氷川は面食らってしまった。

「話を逸《そ》らさないでほしい。清和くんは？」

「姐さんの大事な男は悪運が強い。それだけは確かです」

祐がドアを開けた途端、氷川の視界に病院内の処置室が飛び込んできた。白い廊下の向こう側にはガラス張りのＩＣＵがある。

……否、眞鍋組総本部内に極秘に整えられている医療スペースの一角だ。マシンガンを構えた諜報《ちょうほう》部隊のメンバーが何名も立っている。

「……っ？」

氷川がマシンガンの恐怖に喉を鳴らすと、諜報部隊のメンバーはその場で敬礼した。まるで軍人のように。

「銀《ぎん》ダラ、聞きわけのない坊やは姐さんに任せる。虎《とら》のサポートにつけ」

祐が形のいい眉《まゆ》を顰《ひそ》めながら言うと、諜報部隊の副官にあたる銀ダラが肩を竦めた。

「わかったよ。俺たちはサメみたいに無駄なエスプリは発揮しない」

「サメは無駄なエスプリじゃなくて無駄なストライキだ」

祐が憎々しげに溜《た》め息《いき》をついている間に、銀ダラをはじめとする諜報部隊のメンバーは白い壁に吸い込まれた。

「……え？　壁に消えた？」

一瞬、氷川は目の錯覚だと思って瞬きを繰り返す。目を凝らせば、白い壁ではなく白いドアだ。おそらく、白い壁にしか見えないように造られたドアなのだろう。説明されなくても特別な部屋だとわかる。

「姐さん、聞きわけのない坊やには参りました」

祐の視線の先、ＩＣＵのガラスには『姐さんの核弾頭が爆発しても、長江組と全面戦争になっても、竜仁会会長が暗殺されても、桐嶋組長が爆死しても、宋《そう》一族にアジトを爆破されても、イジオットにミグで攻撃されても、二代目を絶対に出すな』という貼《は》り紙《がみ》があった。

「……え？　……せ、清和くん？」

　ドアの右上には毛筆の手書きで『二代目を出した者は末代まで祟《たた》られると思え』という世にも恐ろしい貼り紙もある。医療機器に囲まれているガラス張りの部屋にいるのは、命より大切な男なのだろうか。

「獅子身中《しししんちゅう》の虫が罠《わな》にかかるまで、二代目をおとなしくさせておいてください。ここで二代目が顔を出したら、狙撃された影武者が浮かばれない」

「……ええ？　僕の清和くんだよね？」

「はい。姐さんの清和くんです。傷口が塞《ふさ》がってもいないのに、隙《すき》あらば抜けだそうとするから参りました」

「傷口が塞がっていないのに抜けだそうとしたの？」

　僕の清和くんがショウくんと一緒、と氷川は鉄砲玉となんら変わらない不夜城の支配者に愕然とした。

「二代目に負担をかけない体位でお願いします。フェラのやり方や騎乗位など、データは用意しました」

　祐は氷川の手にクリップで留めた資料を押しつけると、銀ダラたちと同じように白いドアの向こう側に消えた。

「……え？　……ええ？　聞きわけのない子供の宥《なだ》め方？　フェラチオの仕方？　……な、何、このデータ？」

氷川は資料に仰天したが、確認している余裕はない。逸《はや》る心を宥めつつ、消毒をしてから、ＩＣＵに飛び込む。

「……せ、清和くん？」

医療機器に囲まれた寝台では、命より大切な男が横たわっている。目を閉じているが、意識はあるようだ。

「……帰れ」

地獄の底から響いてきたかのような低い声が氷川の耳に届いた。空耳だと思いたいが、聞き間違いではない。夢にまで見た愛しい男の声だ。

バサッ、と手にしていた資料をベッドに落とす。

「……ど、どうして？」

氷川が目を潤ませて近づいても、清和の反応は変わらなかった。

「来るな」

「どうして僕にそんなことを言うのーっ」

感情が昂《たか》ぶるあまり、氷川は大粒の涙をポロポロと零しながら叫んだ。無意識のうちに、白いシーツを摑《つか》む。

「…………」

「会いたかった、ってどうして言わないのーっ」

グイグイグイッ、と氷川は白いシーツを引っ張った。それでも、愛しい男はビクともしない。

「…………」

「僕はずっと会いたかった。ガラス越しでもいいから会いたかったのに、会わせてもらえなかったんだよ」

氷川が感情のままに捲《まく》し立《た》てると、愛しい男は無言でもぞもぞと背を向けた。とてもじゃないが、不夜城の覇者とは思えない。

ブチリ、と氷川の中で何かが切れた。

「諒《りょう》兄ちゃんがどれだけ辛かったかわかる？」

氷川は逞《たくま》しい背中に向かって、切々とした調子で言った。心の底で名前のつけられない感情がマグマとなって煮《に》え滾《たぎ》る。

「…………」

「こっちを向きなさい」

氷川の声を避けるように、不夜城の覇者はかけ布団に潜り込もうとした。もちろん、氷川はかけ布団を押さえる。

「…………」

「朝、幼稚園に行きたくなくて布団に潜る子供だね」

氷川は渾身《こんしん》の力を込め、かけ布団を引っ張った。

「…………」

「僕を見なさい」

氷川は後頭部を覗《のぞ》き込《こ》んだが、依然としてなんの返事もない。そもそも、目も合わせようとしない。

「点滴は……していないね」

点滴台は傍らにあるが、点滴中ではない。トイレも自力で行けるのか、管も通されていなかった。前開きのパジャマではなく、白い浴衣《ゆかた》のような寝間着を身につけている。ひょっとしたら、白い寝間着は脱出防止のためのアイテムかもしれない。

予想していたより、愛しい男は元気そうだ。肝心の患部は確かめていないけれども。

「ほら、僕を見て」

氷川は愛しい男の後頭部を宥めるように摩《さす》った。

「…………」

「どうして、諒兄ちゃんを見ないの？」

「…………」

「清和くんは諒兄ちゃんが大好きだったでしょう？」

在りし日、近所に住んでいた男児は顔を見た瞬間、最高の笑みを浮かべ、元気よく駆けてきた。全身で好意を示してくれたのだ。

「…………」

「清和くんは諒兄ちゃんを見たら走ってきてくれたでしょう」

「…………」

「清和くんは諒兄ちゃんの膝で歌を歌ってくれたんだよ。歌の勉強をしたらウィーン少年合唱団に……は無理かもしれないけれど、どこかの合唱団の真ん中で歌っていたと思う」

幼い清和のボーイソプラノは今でも氷川の耳に残っている。膝ではしゃぐ清和が可愛《かわい》くてたまらなかった。今でも可愛くてたまらない。

「…………」

「歌えとは頼まないから僕を見なさい」

心のよりどころだった幼馴染みは、強靱な男たちを従える極道になっていた。もう二度とボーイソプラノで童謡を歌ってはくれない。それはいやというほど、わかっている。会えなかった日々、可愛い幼馴染みは背中に極彩色の昇り龍を刻んでいた。

「…………」

「……具合が悪いの？　傷口が痛む？」

氷川が青い顔で尋ねれば、くぐもった声で返事があった。

「……違う」

「じゃ、お腹《なか》が痛い？　診察しようか」

ガラスの向こう側の処置室には最新の医療機器が揃《そろ》っている。当然のように、聴診器もあった。

「よせ」

「諒兄ちゃんは医師免許を持っている医者だよ。ショウくんたちがよく言うお医者さんごっこじゃないから安心してね」

氷川は猫撫で声で言ってから、強引に清和の体勢を変えようとした。

それなのに、駄々っ子と化した不夜城の覇者は動かない。かけ布団の中から渋い声が返った。

「……やめろ」

「僕を見なさい。熱はないよね？」

ワサワサワサワサワサッ、と氷川は駄々っ子のかけ布団をはがしにかかった。手強《てごわ》い敵に手加減できない。

「………………」

「清和くんはこんなに意地悪な子だったの？」

動かざること山の如《ごと》し。

愛しい男が山と化し、微動だにしない。それでも、氷川は山を動かそうとして全精力を傾けた。よいしょ、とかけ声をかけて、体勢を変える。

「…………」

「清和くん、僕の可愛い清和くん、諒兄ちゃんを見てーっ」

氷川は一番力が入る体勢で大きな山ならぬ愛しい男を揺さぶった。しかし、眞鍋の昇り龍はしぶとい。

「…………」

「……こ、こらっ……あ、乗っちゃった……」

知《し》らず識《し》らずのうちに、氷川は清和の下肢に乗り上げていた。慌てて、下りようとしたがバランスを崩す。

「危ない」

背中から床に落ちそうになった氷川を支えたのは、死亡説が流れている不夜城の覇者だ。以前にもまして、姉さん女房を守ろうとする手は頼もしい。

「……あ、ありがとう」

氷川は愛しい男の温《ぬく》もりを実感しながら礼を言った。なんとも形容しがたい想《おも》いが心底から込み上げてくる。

「…………」

「……清和くん、元気でよかった」

氷川が万感の想いを込めて零すと、清和の鋭い目が細められる。

「…………」

氷川がありったけの想いを告げようとした瞬間、氷川の視界に由々しきものが飛び込んできた。なんのことはない、ガラスの壁にも祐の手書きと思われる貼り紙があったのだ。

「……え？　この貼り紙は何？」

こちらの貼り紙は『ここで二代目が動いても逆効果』や『姐さんや眞鍋を思うなら療養しろ』だ。『姐さんや舎弟が大事ならば絶対安静』は卓の筆による貼り紙に見える。スーツ姿や芸妓《げいぎ》姿の氷川の写真も貼られていた。大判ポスターサイズに伸ばされているのは、ウエディングドレス姿の氷川だ。ＩＣＵの中、清和は姉さん女房の花が咲いたような笑顔に囲まれていたらしい。

「…………」

「清和くん、刺されたのに暴れようとしたの？」

祐の言動や貼り紙を見れば、清和が模範的な患者でないことは明らかだ。

「…………」

「ショウくんでもそんなことはしない……ううん、ショウくんもそういうことをしたよね

「……清和くんはいい子だからしないね？」

氷川は命より大切な男の下肢に乗ったまま、切々とした調子で言った。いろいろな想いが一気に沸騰する。

「…………」

「……よ、よかった……無事で……」

潤んでいた目から、さらに大粒の涙が流れる。まるで滝のように。

「泣くな」

「今は嬉《うれ》しくて泣いているからいいの」

氷川は溢《あふ》れる涙を拭《ぬぐ》おうともせず、愛しい男をじっと見つめた。やつれるどころか、以前より健康的なムードがある。最新の医療設備の中で、規則正しい生活を送っていたのかもしれない。

「…………」

「清和くんと会えない間、どれだけ僕が辛かったかわかるよね？」

氷川は大粒の涙をこぼして、愛しい男に語りかけた。優しい手つきで胴体に巻かれた包帯を確かめる。すでに血は滲《にじ》んでいない。

「…………」

「僕には清和くんしかいないんだよ」

「…………」

「わかっている、って言いなさい」

氷川が涙目で請えば、愛しい男は素直に応じた。

「……わかっている」

「ちゃんと療養してよくなってね」

「もう平気だ」

清和に低い声で拒まれ、氷川は潤んだ目で睨《にら》んだ。

「平気じゃないでしょう」

「あいつらが大袈裟《おおげさ》なんだ」

あいつら、には祐やリキ、橘高など、眞鍋組の男たちが含まれている。知能派幹部以外、命知らずの男たちだ。

「言っておくけど、俊英《しゅんえい》先生じゃなきゃ、危なかったと思う。俊英先生に言われた通り、絶対安静だ」

あの時、眞鍋組ならばいくらでも闇《やみ》医者を呼ぶことができただろう。それこそ、眞鍋のシマで開業している綾小路《あやのこうじ》でもよかったはずだ。けれど、祐もサメも工作をしてまで呼んだのは米国帰りの天才外科医だった。並の外科医では助けられない、と祐もサメも判断したに違いない。

「危なかったのは木村《きむら》のオヤジだ」

「……木村先生？」

「俺は掠り傷……」

清和の言葉を遮るように氷川はきつい声で凄んだ。

「これは掠り傷じゃないっ」

白い包帯の下、確かめるまでもなく命に関《かか》わる傷だった。おそらく生涯、傷跡《きずあと》が残るだろう。

「たいしたことない」

「清和くんの死亡説が流れるぐらいの負傷です」

あの場だけ見ていれば、不夜城の覇者の死亡説が流れても不思議ではない。寒野が仕留めたと勘違いしてもおかしくないだろう。

「だから、俺が出る」

清和は不夜城に流れる自分の死亡説に苛立《いらだ》っているようだ。

「絶対に駄目っ」

「俺が出れば鎮まる」

清和が主張する通り、無事な姿を披露すれば死亡説は払拭《ふっしょく》されるが、長江組という巨大な組織のターゲットになるだけだ。完治していない身体《からだ》で無理はさせられない。氷川は祐が躍起になって清和をこの場に押し込めた理由がよくわかる。

「長江組に狙われるから駄目っ」

「望むところだ」

「いけない子、清和くんはそんないけない子だったの？」

ツンツン、と氷川は人差し指で清和の額を優しく突《つつ》いた。

「…………」

「これ以上、僕を泣かせないで」

清和は口を真一文字に結んだまま、のっそりと上体を起こした。ベッドから下りようとしていることは明らかだ。

「……ちょっ、ちょっと、どうするの？　動いちゃ駄目だよっ」

当然、氷川は慌てて清和をベッドに引き留めた。祐に言われた言葉が今さらながらに肩に大きくのしかかる。

「止めるな」

「絶対安静ってわかっているでしょう」

「これくらいなんでもない」

再度、清和はベッドから下りようとしたが、氷川は手足をバタつかせて阻んだ。なりふり構っていられない。

「行っちゃ駄目っ」

「…………」

「僕をおいていくなら別れる」

氷川が頬《ほお》を紅潮させて威嚇したが、なんの効果もなかった。十歳年下の亭主には愛されているという自負があるらしい。

「俺に惚れているくせに」

別れられないくせに言うな、と不夜城の覇者は言外に匂わせている。未《いま》だかつてない不《ふ》遜《そん》な目だ。

「……せ、清和くん、言うようになったね。諒兄ちゃんはびっくりしたよ」

嫌みではなく、氷川は心の底から驚いた。口下手な年下の亭主がこういったセリフを言えるとは夢にも思っていなかったのだ。

「…………」

「そうだね。清和くんを蛇より執念深く愛しているから別れられない。いい子はよくわかっているね」

「…………」

自分でもわけがわからないが、氷川の脳裏に小児科病棟で流れていた戦闘物のアニメが浮かんだ。定番らしい決め台詞《ぜりふ》が過《よぎ》る。

「行くなら、僕の屍《しかばね》を乗り越えていけ」

氷川の口から飛びだした決め台詞に、眞鍋の昇り龍の目が宙に浮いた。

「……………」

「さぁ、僕を屍にしてごらん」

氷川は煽《あお》るように言ったが、不夜城の覇者の目は泳いだままだ。呼吸を忘れているようなムードもある。

「……………」

「清和くんは僕を屍にはできないね。だから、行っちゃ駄目だよ」

ふふふふっ、と氷川は勝利宣言のようにほくそ笑んだ。

「……………」

「……あ、これ、さっき祐くんからデータをもらったんだ。聞きわけのない子供の宥め方、っていうデータ……フェ、フェラチオ？　清和くん、フェラチオがいい？」

手を伸ばした先、白いシーツの波間に祐から手渡された資料がある。氷川は今さらながらに思いだし、手に取って中を確認した。一ページ目には口淫《こういん》について、写真付きで記されている。

「……い、いや」

清和の目に正気が戻り、低い声で拒絶する。

「……いや？　フェラチオがいやなの？」

「ああ」

「もう噛《か》んだりはしないよ。このデータに仕方が書いてある」

愛しい男に拒まれたら、氷川の心がチクリと痛む。以前、まだ再会して間もない頃だったか、チャイニーズ・マフィアとの抗争後、噛んでしまった記憶がある。抗争で無事だったのに、最後に怪我《けが》をさせてしまった。

「いい」

「僕、頑張るよ」

氷川は自分のネクタイを緩めながら、資料に目を通した。一度、真剣に読めば覚える。

「いい」

清和は今にもベッドから飛び降りそうな勢いだ。どうも、全身で恋女房の奉仕を拒絶している。

「どうして、拒むの？」

「…………」

「僕が下手だから？」

氷川は白いシャツのボタンを外しつつ、清和の下肢に乗り上げた。包帯が巻かれていなければ、負傷したようには見えない。

「違う」

「なら、僕にさせてね。頑張って清和くんを大きくする」

氷川は高らかに決意表明をしてから、白い寝間着の上から清和の股間《こかん》に触れた。そうして、その感触に驚愕《きょうがく》した。

すでに固い。

「…………」

「……え？　もう大きくなっているの？」

清和の股間を確認した瞬間、氷川の頬も薔薇色《ばらいろ》に染まった。確かめるように撫で回せば、さらに硬度が増したような気がする。

「…………」

「清和くん、なんていい子」

氷川が上ずった声で褒めると、清和の精悍《せいかん》な顔が歪んだ。

「…………」

「こんなに大きくして、どうして僕をおいていくの？」

「…………」

「僕で大きくなったんだから僕にしてよ」

チュッ、と氷川は白い寝間着に覆われた愛しい男の分身にキスを落とした。

　ぎゅっ、と摑む。

「……いいのか？」

　こんな時でも若い男は自分からは望まない。常に圧倒的に身体的な負担が大きい氷川の身体を案じる。

「いいよ」

　氷川は焦《じ》れったくなって、清和の白い寝間着の下に手を滑り込ませた。煽るように若い男の分身を弄《いじ》る。

「いいんだな？」

「おいで」

「後で怒るな」

　氷川が艶《つや》混じりの微笑を浮かべると、清和は観念したように動いた。スッ、と体勢を入れ替える。

　一瞬で氷川の視界が反転した。

「……え？」

　氷川の身体は白いシーツの波間に沈み、清和の強靱《きょうじん》な身体の後ろに白い天井が広がっている。

「いやか？」

「いやじゃないけど……これは……」

清和の大きな手が氷川のズボンのベルトを緩めたが、いつになくせわしない。ファスナーを下ろす手も些《いささ》か乱暴だ。

「なんだ?」

「僕は祐くんから注意されている」

怪我人に無理をさせないように、という祐の注意は氷川の脳裏にインプットされていた。そのために手渡された資料だ。

「……祐?」

「清和くんが無理をしない体位で、って……」

「忘れろ」

「そういうわけにはいかない。ちょっと待って。このままだと、清和くんの体力が消耗するんじゃないのかな?」

「気にするな」

「祐くんからデータをもらったから参考にしよう」

氷川は腰の隣に落ちていた資料を手に取った。パラパラッ、と捲《めく》ってみたが、その破廉恥な写真に氷川の顔から火が噴く。

「……せ、せ、清和くん、いやらしいのばかり……とってもいやらしいのばかり……ど、どうしよう……」

「…………」

資料を一瞥《いちべつ》した清和の表情はこれといって変わらないが、男として興奮しているように感じた。惚れられた強みか、おむつを替えた強みか、理由は定かではないが、無表情でどちらかといえば無口な男の内心がわかるのだ。

「……え？　清和くんはしたいの？」

氷川が裏返った声で尋ねると、清和は淡々とした調子で答えた。

「男だから」

可愛い幼馴染みが雄々しい美丈夫に成長したことは身に染みて知っているが、氷川は激しく動揺した。

「……そ、それは知っているけどね。……こ、こんなにいやらしい……うわ……僕はどうなっちゃうの？」

「…………」

AV女優ではなくAV男優同士の写真は破廉恥極まりない。特に『姐さん役』とコメント付きの中性的なAV男優の姿態が直視できない。

「……え？　清和くんは僕にこんないやらしいことをさせたいの？」

「俺も男だから」

「……え、えぇ？　もうちょっと控えめなの……控えめ……ど、どれもいやらしいのばっかり……ど、どうして？」

氷川は改めて資料に記載されている体位やプレイに目を通したが、耳まで紅《あか》くなるし、なめらかな肌が火照ってくる。

「これは魔女の意地悪？」

氷川は魔女の意趣返しを感じ、楚々《そそ》とした美貌《びぼう》を引《ひ》き攣《つ》らせた。どれもこれも、負傷した極道のためかもしれないが、氷川の精神的な負担が大きすぎる。

「…………」

「清和くん、参考までに聞く。どれが一番したい？」

氷川は震える手で愛しい男に資料を見せた。一ページずつ、ざっと軽く見せると、清和が身に纏《まと》う空気が微《かす》かに変わる。

これ、とばかりに清和が指で差したページを氷川は見た。それだけで羞恥心《しゅうちしん》で憤死した。……憤死したかと思った。

「……そ、それはあまりにも難易度が高すぎる」

「…………」

氷川には最後までやり遂げる自信がなかった。

「……フェラしてあげるから」

「いい」

若い男に口での奉仕をきっぱりと拒まれ、氷川は愕然としてしまう。馬鹿正直《ばか》に魔女のデータを参考にしようとした自分を悔やむ。

「清和くん、こっちのAVみたいなのがいいの？」

氷川が真っ赤な顔で尋ねれば、清和は凄絶《せいぜつ》な男性フェロモンを発散させた。獰猛《どうもう》なオスの顔だ。

「……も、もうちょっと違うの……くじ引きじゃなくて、閉じて、開いたところで決めよう……うん……運を天に任せて……こんなことで天に頼るのもなんだと思うけれど……清和くんは目を瞑《つぶ》って選んで」

愛しい男のオスの顔に圧倒され、氷川の何かが弾《はじ》けた。清和に向かって資料を閉じる。そうして、目を閉じた清和に選ばせた。すると、いっさい迷ったりせず、資料の真ん中のページを摑む。

「……こ、これ？　さっきのよりいやらしくないけれど……ううん、こっちもこっちで……うわ……」

氷川は清和が選択したページを確認し、身体が羞恥心で燃え上がった。つい先ほど、清和が選んだページの体位より難度は下がったが、また違った意味で破廉恥だ。

「…………」

「……え？　清和くんはしたいの？」

「……いやか？」

「……恥ずかしい」

「なら、いい」

清和はあっさり引くと、ベッドから下りようとした。……否、氷川はみすみす逃がしたりはしない。ここで清和を逃したらどうなるのか、想像することさえ恐ろしかった。

「……だ、駄目、行っちゃ、駄目だ。清和くん、しよう。いやらしいことをしよう。だから、僕のそばから離れちゃ駄目だよ」

血気盛んな若い男を引き留める手段はひとつしかない。どんな策士や天下無双の男でもできないことだ。

「いいのか？」

「いいよ。ベッドにおとなしく寝てね」

氷川は濃艶《のうえん》に微笑むと、若い男をシーツの波間に沈めた。震える手で身につけていた衣類を脱ぐ。

「怒るなよ」

「怒らないから」

「後で泣くな」

氷川は生まれたままの姿になると、横たわった清和の身体を跨《また》ぐような形で四《よ》つん這《ば》いになった。それだけでも羞恥心で脳天が沸騰する。

「泣いたりはしない……っと、見えるの？」

氷川のなめらかな臀部《でんぶ》は清和の顔に向かって突きだしている。見てください、とねだっているかのような浅ましいポーズだ。

「ああ」

「そんなに見ちゃ駄目」

わざわざ確かめなくても、身体の最奥を凝視されていることがわかる。火傷《やけど》したかのように熱い。

「…………」

「……だ、だからそんなにじっと見ちゃ駄目だよ。恥ずかしいから」

「…………」

「……あ、触っちゃ駄目」

清和の長い指を秘部に感じ、氷川はほっそりとした腰を震わせた。

「…………」

「……い、いやらしくないように触って……」

気がすむまで触らせる、と資料には記されていたが、氷川には耐えられそうにない。身体を支えていた腕と足が小刻みに痙攣《けいれん》した。

「……おい」

秘部を暴こうとする若い男の指は止まらない。会えなかった日々の鬱憤《うっぷん》が伝わってくる。

「……あっ……そ、そんな触り方をされたら……」

あっという間に、氷川の分身も熱くなっていた。身体の最奥を刺激されただけで反応するなど、まっとうな男の身体ではない。いつしか、愛しい男を受け入れるための器に変わっていた。

「………」

「……も、もぅ……もぅ……」

秘孔に潤滑剤代わりのローションを塗り始めたとわかる。肌に走る悦楽に、氷川はおかしくなりそうだ。

「………」

「……やっ……そこは駄目……あっ……」

「……綺麗だな」

クチャクチャクチャ、という卑猥《ひわい》な音とともに若い男の感嘆したような声が混じる。興奮していることは間違いない。

「……あっ……もう……おいで……あ、違う……僕が上だ……」

次の段階に誘ったものの、資料にあった体位を思いだした。清和を疲弊させないため、氷川が動かなければならない。

「できるのか？」

「……で、できるから指を抜いて」

狭い器官に埋められている指は一本ではない。氷川は淫《みだ》らにくねりだしそうな腰を支えるのに必死だ。

「もう少し広げたほうがいい……」

恥ずかしさのあまり、氷川は清和の言葉を遮るように言った。

「……だ、大丈夫……大丈夫だから……」

「…………」

「……も、もういい……大丈夫……」

氷川の剣幕に思うところがあったらしく、若い男は無言で引いてくれた。滴り落ちるローションとともに秘部から指が引き抜かれる。

寂しい、と狭い窄《すぼ》まりが氷川本人の意思を裏切って浅ましく開閉を繰り返した。持てる理性を振り絞り、氷川は手足を動かす。

すでに若い男の肉塊は猛々《たけだけ》しく天を衝《つ》いていた。

「……清和くん……す、すごい……」

知らず識らずのうちに、氷川の口から本心が漏れる。獰猛なオスの肉柱は凶器に等しかった。

どうやってこんな大きなものを挿《い》れるの？

無理だ。

……無理じゃない。

僕は今までに何度も清和くんを挿れている。

裂傷も炎症もなかった、と氷川はもはや数え切れないくらいひとつになったことを思いだす。凶器となんら変わらない清和の男根に怯《おび》える必要はない。……否、恐怖と期待が入り混じる。

「どうした？」

氷川は潤滑剤代わりのローションを若い男の肉柱にたっぷり垂らした。これ以上、大きくならないと思っていたのに、脈を打ちながら膨張していく。

「……せ、清和くんの大きい……」

思わず、氷川は清和の亀頭《きとう》を指で弾いた。

「…………」

「いい子だね」

「…………」

絶対安

「僕だけだよ」

氷川は覚悟を決めると、反り立っている肉塊に腰を下ろした。ズブリ、という音が局部から聞こえてくる。

同時に凄絶な圧迫感と激痛が、氷川の身体を突き抜けた。

「……あぁっ」

ズブズブズブッ、と自身の身体の重さで剛健な男の分身を容赦なく呑み込んでいく。負荷が凄《すさ》まじい。

「……大丈夫か？」

「……あ……大丈夫……だから……それ以上、大きくならないで……」

氷川が切羽詰まったお願いをすると、肉壁をきゅうきゅうに圧迫していた清和の分身はさらに膨張した。結果、若いオスを煽っただけだ。

「……おい」

「……やっ……大きくなった……あ……」

氷川の非難は非難にならない。身体の底から湧《わ》き上《あ》がる快感が圧迫感や激痛を相殺していた。全身で愛しい男から与えられた刺激と悦楽に酔う。

「辛いのか？」

「……へ、平気……」

氷川は背をのけぞらせ、愛しい男を貪欲《どんよく》に味わう。下肢の甘い痺《しび》れは喩《たと》えようもない。

「動いていいか？」

「……ぼ……僕が動くの……」

氷川の腰は何かに導かれるように淫猥《いんわい》に動きだした。そのうえ、あられもない言葉を口走りそうになる。

が、すんでのところで止められた。

いや、止められなかった。

「……い、いい子だから僕の中で……僕の中で……僕の中をびしょびしょにして……いっぱいにして……」

今、僕は何を言ったの、と氷川は我に返ったが、どうすることもできない。若い男の激しい情熱に翻弄《ほんろう》されるだけだ。

同じく、艶《なま》めかしい恋女房に若いオスは逆らえない。一度や二度、頂点を迎えても収まらない。

今のふたりに理性は微塵《みじん》も残されていなかった。お互いにすべてを貪《むさぼ》り合《あ》うだけだ。

7

愛《いと》しい男の温《ぬく》もりが消えた。

『……おい、いい加減にしろ。お前なら止められたはずだ。どうして止めなかった……ダイアナの誘惑に落ちる暇があったのか……ダイアナがお前に惚《ほ》れることは絶対にない……オジキを助けろ……おい、聞いているのか？』

清和《せいわ》くんは誰と喋《しゃべ》っているの、と氷川《ひかわ》が尋ねても返事はない。手を伸ばしても、愛しい男には届かない。

清和くん、と愛しい男の背中にしがみつこうとした瞬間、氷川は目を覚ました。夢を見ていたのだと瞬時に気づく。

ただ、隣に愛しい男はいない。

いつの間にか、ＩＣＵから出て、白い壁に吸い込まれようとしている。その手には日本刀が握られていた。

「……ちょ、ちょっと、清和くん、どこに行くの？」

ガバッ、と氷川は物凄《ものすご》い勢いで生々しい情交の跡が残るベッドから下りた。そのまま全速力でＩＣＵから飛びだす。

「…………」

清和は顰《しか》めっ面《つら》で白い壁に消えようとした。

間に合わない。

……いや、間一髪、アルマーニのスーツの裾《すそ》を摑《つか》む。

「待ちなさいっ」

「寝ていろ」

清和は腕ずくで氷川を振り払ったりはしないが、視線は合わせようとはしなかった。身に纏《まと》う迫力が凄《すさ》まじい。

「僕をおいてどこに行くの？」

あんないやらしいことをさせておいて、と氷川は愛しい男の頑強な身体《からだ》に腕を回した。

「…………」

「僕より大事な用事？」

「戻れ」

清和は鋭い目で氷川のすんなりと伸びた下肢を咎《とが》めている。白い肌にはそれとわかる紅《あか》い跡がべったりと張りついていた。

「……そ、そんな恐ろしいものを持ってどこに行くの？」

氷川は愛しい男が握っている日本刀に恐怖を覚えた。白い空間のどこに隠されていたのか、問《と》い質《ただ》す余裕もない。

「諒《りょう》兄ちゃんが預かります」

氷川は白い手を伸ばし、清和が持っている日本刀に触れた。

しかし、瞬時に引かれてしまう。

「危ない」

「そうだよ。危ないから諒兄ちゃんに渡しなさい」

氷川が無我夢中で手を振り回すと、運良く日本刀を掴むことができた。鞘《さや》に収まっているから平気だ。

「触るな」

清和の鋭い目が曇るが、氷川は引いたりはしない。

「清和くんも触っちゃいけません」

「寝ていろ」

ベッドに戻れ、とばかりに不夜城の覇者に顎《あご》を杓《しゃく》られた。姉さん女房の尻《しり》に敷かれている亭主の態度ではない。

「清和くんもいい子だから一緒に寝よう」

グイッ、と氷川は渾身《こんしん》の力で日本刀を引き抜こうとしたができなかった。清和は仏頂面で阻む。

「仕事だ」

「お仕事？」

「ああ」

不夜城の覇者から有無を言わせぬ凄絶《せいぜつ》な闘志が発散された。行き先が命のやりとりをする現場だと尋ねなくてもわかる。

だからこそ、氷川は真摯《しんし》な目で尋ねた。

「いったいどんな仕事？」

こんなことなら眞鍋《まなべ》組の幹部や竜仁《りゅうじん》会の幹部の前で、眞鍋組解散と眞鍋食品会社の設立を宣言すればよかった。そう後悔してもすでに遅い。

「俺はヤクザだ」

「知っている」

氷川は日本刀から手を離し、逞《たくま》しい筋肉に覆われた身体にしがみついた。これ以上、愛しい男の身体に傷をつけたくない。

「わかっているなら放せ」

「いやだよ」

絶対に離れない、と氷川は全身に力を込めた。祐《たすく》の手書きによる貼《は》り紙《がみ》には深い意味があるはずだ。

「放せ」

「行くなら僕も行く」

「誰かに見られたら」

清和に低い声で指摘され、氷川は今さらながらに自身の姿を思いだした。通報され、逮捕されることは間違いない。

「このまま外に出たら僕が逮捕されるね」

ここで清和くんを行かせるぐらいなら僕が逮捕されたほうがマシ、と氷川は本心からそう思った。なんとも形容しがたい胸騒ぎがする。

「服を着ろ」

服を着ている間にどこかに行ってしまうつもりだろう。氷川には血気盛んな極道の魂胆が手に取るようにわかる。

「僕に服を着せて」

氷川の言葉に意表を突かれたらしく、清和から魂がどこかに飛んだ。心なしか、周りの空気がざわざわとざわめく。それでも、日本刀は手放さない。

「清和くん、聞いているよね？」

氷川の声で魂が戻ったらしいが、清和は一言も返さない。憮然《ぶぜん》とした面持ちで口を噤《つぐ》んでいる。

「聞こえているよね？　突発性難聴じゃないね？」

氷川の問いかけを無視し、不夜城の覇者は背中を向けた。白い壁にしか見えないドアに滑り込もうとする。

絶対にさせない。

プチッ、と氷川の中で何かが弾《はじ》けた。

「いい機会だ。介護の練習をしてね」

自分でもわけがわからないが、氷川の脳裏には人生の幕を下ろそうとしている患者の姿が過《よぎ》る。老人ホームから介護士に連れられて、外来診察を受ける患者の姿も。

「…………」

一瞬にして、不夜城の覇者が石化した。手にしていた日本刀も石に等しい。十歳年上の姉さん女房の爆弾発言の効果はメデューサ級だ。

「歳《とし》の順でいけば僕のほうが先に逝《い》く。もし、僕が要介護になったらどうする？　清和くんは僕を介護してくれないの？」

「…………」

「ヘルパーさんに通ってもらってね。……ううん、住み込みのヘルパーさんを頼んだほうがいいかな」

「…………」

「自宅介護は大変だから、老人ホームに入れてくれたらいい。老人ホームは本人も家族も笑顔で日々を送るための場所だ。僕に延命治療は無用だから覚えておいてね」

就活だの婚活だの妊活だの終活だの、病院内女性スタッフによる会話の話題はなかなかシュールだ。中でも定年を控えた女性スタッフの会話には、言葉では言い表せない悲哀が込められている。信用できない介護施設や老人ホームの情報も飛び交っていた。詐欺まがいの会社が多いから要注意だ。

「…………」

「清和くん、諒兄ちゃんに服を着せる練習をして」

スリスリ、と氷川は甘えるように石像の胸に顔を埋《うず》めた。石のように固くはないし、冷たくもないが、依然として年下の亭主は固まったままだ。

「…………」

「……あ、その頃は諒兄ちゃんじゃなくて諒爺《じい》ちゃんになっている」

氷川は老いた自分を想像しようとしたが、上手《うま》くできなかった。愛しい男の老いた姿も予想できない。

「…………」

「僕も寝たきりは避けたいし、食事には気をつけているけれど、これぱかりはわからない。ちょっとした不慮の事故でも不自由な身体になってしまうからね」

「………」

「僕を老人ホームに入れる手続きをするのは清和くんだよ。僕を愛しているなら覚悟しているね？」

「………」

「僕より先に逝っちゃ駄目だよ。わかっているね？」

氷川は魂から迸《ほとばし》るような想《おも》いを告げると、清和の手から日本刀を奪った。……否、木偶《でく》の坊《ぼう》と化しているくせに奪えない。まるで、日本刀が清和の身体の一部になっているかのように離れない。

「………」

「返事は？」

ペチッ、と氷川は日本刀を握り締めたままの清和の大きな手を叩《たた》いた。

「………」

「清和くん、諒爺ちゃんに返事をして」

「………」

「いい子だからお返事……っ……くっしゅん……」

氷川は途中まで言いかけて、くしゃみをした。冷房が効いているせいか、どうしたって肌寒さを感じる。

「……風邪をひく」

清和の石化は、姉さん女房のくしゃみで解けた。

「うん、僕に服を着せて」

「…………」

「さぁ、介護の練習だ。将来、僕は自分で自分の服を着ることができなくなるかもしれない。そうなったらリハビリを頑張るつもりだけど、どんなに頑張っても限界はあるんだ。残念だけどね」

ふっ、と氷川が力を込めて動くと、清和は逆らわなかった。観念したらしく、苦虫を噛《か》み潰《つぶ》したような顔でベッドに戻る。

「…………」

ベッドの端にあった椅子《いす》には、氷川が身につけていたシャツやスーツが無造作にかけられている。けれど、氷川用の新しいシャツやスーツなど、着替えが一式、きちんと用意されていた。逞しい身体に右腕を絡ませたまま、左腕で新しい白いシャツを取った。

「はい、シャツから着せて」

氷川が手渡したシャツを、清和は顰めっ面で受け取った。利き手に持っていた日本刀は白いシーツの波間に置く。

「…………」

氷川は着せやすいように体勢を取った。ベテラン介護士にはほど遠いが、手つきはそんなに悪くない。

「……あ、清和くん、上手だよ。ちゃんとボタンが留められるようになったんだね」

シャツのボタンを上から順番に留める大きな手も意外なくらい器用だ。氷川は手を叩いて、不夜城の覇者を称《たた》えた。

「…………」

「……あ、あの、そっちは恥ずかしいからいいや」

氷川は清和の大きな手に下着を見つけ、ほんのりと頰《ほお》を染めた。まったくもって今さらだが、妙な羞恥心《しゅうちしん》が込み上げてくる。脱がされる時より恥ずかしいかもしれない。

「…………」

清和の表情はこれといって変わらないが、氷川にはなんとなく内心がわかる。介護の話をしていただけに、思いきり動揺してしまった。

「……え？　パンツは穿《は》かせたいの？」

清和は無言で氷川のなめらかな下肢に手を伸ばした。まったく躊躇《ためら》っていない。

「……あっ……」

氷川は促されるがまま、左右の足を軽く開いた。

「…………」

「清和くんにパンツを穿かせてもらう日が来るなんて……」

自分で言いだしたのに、いざとなれば困惑してしまう。薔薇色《ばらいろ》に染まったのは白い頬だけではない。

「…………」

「大きくなったね」

無意識のうちに、氷川の手は愛しい幼馴染《おさななじ》みの頭に触れていた。いい子いい子、とばかりに優しく撫《な》でる。

「…………」

「……うん、大きくなりすぎたね。どうしてこんなに大きくなってしまったのかな。可愛《かわい》い清和くんのままだったら、僕がずっとだっこしていればよかった……日本刀なんて持たせないのに……」

自然に氷川の目から大粒の涙が滴り落ちた。

「泣くな」

清和の切れ長の目が苦しそうに大きく揺れた。敵には容赦がないと恐れられている極道だが、恋女房の涙にはめっぽう弱い。たとえ、介護だの、爺ちゃんだの、メガトン級の萎《な》える話をされても。

「言葉だけで涙は止まらない。ぎゅっ、と抱き締めてキスして」

氷川が涙目で望めば、清和はその通りに動く。圧倒的な力で抱き締め、氷川の唇にキスを落とす。

チュッ、と羽毛のように触れるだけだ。

自制できなくなるから、あえて軽いキスにしたのだろう。氷川には自分を抑え込んでいる年下の亭主のことが手に取るようにわかる。

「清和くん、もう一度……ちゃんとして……」

二度目のキスも優しく触れただけで離れていく。氷川が口を半開きにしても、口腔《こうこう》内に清和の舌は入ってこない。

「清和くん、せっかく着せてもらってなんだけど、また脱がして」

氷川は煽《あお》るように若い男に身を擦り寄せた。

「…………」

「久しぶりだしね。寝る前の続きをしよう」

「…………」

「僕のお願いを聞いてくれないの？」

カプッ、と氷川は清和のシャープな顎先を軽く嚙む。若い男の身体の熱が上がったことは確かだ。

「煽るな」

欲望に耐える清和の声は微《かす》かに掠《かす》れていた。美貌《びぼう》の恋女房の色香に勝てない自分を知っているからだろう。

「抱いて」

「よせ」

ドサッ、と氷川の身体は優しく白いシーツの波間に沈められた。清和による問答無用の拒絶だ。

「……ひ、ひどい」

「このままだと、魔女の罠《わな》に落ちる」

清和が焦っている理由に気づき、氷川は驚愕《きょうがく》で瞬きを繰り返した。

「……祐くんの罠？　誰が落ちるの？」

「寒野禮《かんのれい》と支倉《はせくら》組」

「……寒野禮さんと支倉組？　どういうこと？　寒野さんは支倉組でおとなしくしているんでしょう？」

氷川は思いきり驚いたが、渾身の力を込めて、白いシーツの波間から身体を起こす。清和の渋面がますます渋くなるが構わない。

「行かせてくれ」

「……行くなら僕も行く」

ガバッ、と氷川は想《おも》いの丈《たけ》のまま清和に抱きついた。

「……おい」

「清和くんをここから出すな、って祐くんから言われた。僕も祐くんの仕返しが怖い」

「…………」

あれが魔女を怖がっている奴《やつ》のすることか、と眞鍋組二代目組長の鋭い目は雄弁に語っている。目下、眞鍋組のみならず不夜城界隈《かいわい》に雷名を轟《とどろ》かせる魔女と真っ向から勝負できるのは楚々《そそ》とした二代目姐《あね》だけだ。

「僕をここでもう一度抱くか、僕を連れていくか、ふたつにひとつだ」

氷川は真《ま》っ直《す》ぐな目で愛しい男に二者択一を迫った。ここで抱いてくれるならば、どんな抱き方をしても許せる自信があった。それこそ、破廉恥な行為の限りを尽くしても受け入れられる。

「…………」

「僕より危険なところが好きなの？」

どんな修羅場に乗り込もうとしているのか、氷川には予想だにできない。ただ、ひとりで行かせたくはない。

「すまない」

「謝っちゃ、駄目だよ。僕のそばにいて」

氷川が潤んだ目で嘆願した時、白い壁にしか見えないドアから祐が現れた。背後には知能派幹部候補の卓《すぐる》がいる。

「二代目、B3にいらしてください」

B3、という祐のイントネーションが独特だ。特別な部屋の隠語だと、氷川にはなんとなくわかる。

瞬時に、清和の周りの空気が一変した。

「祐、支倉組長と寒野禮が乗り込んできたのか?」

「はい」

俺のシナリオ通り、と祐の満足そうな目は雄弁に語っている。傍らの卓は祐の炯眼《けいがん》に感服しているようだ。

「罠にハメるな」

清和の鋭い双眸《そうぼう》はこれ以上ないというくらい鋭くなった。今にも祐の細い首を絞め上げそうな怒気が漲《みなぎ》る。

「罠ではありません」

「支倉組長を殺すな」

清和は悪鬼の如《ごと》き形相で言うや否や、白い壁の向こう側に飛び込んだ。その手に日本刀を持ったまま。

「……ったく、人の話を聞け……」

祐は呆《あき》れ顔《がお》で呟《つぶや》くように零《こぼ》したが、氷川には魔女の笑みを浮かべた。

「姐さん、今まで聞きわけのない子供を押さえていてくれてありがとうございます。おかげさまで網に獲物がかかりました」

清和の言動に加えて、毒々しい微笑を目《ま》の当たりにすれば、氷川はいやな予感でいっぱいになる。

「祐くん、何をしたの？　罠って支倉組長を罠にかけたの？」

眞鍋組随一の策士がシナリオを書いていることはわかっていた。見えない敵を炙《あぶ》りだそうとしていることもなんとなく察していた。眞鍋組と苦楽をともにしてきたという支倉組がターゲットだったのか。

「人聞きの悪い」

魔女の綺麗《きれい》な笑顔ほど、空恐ろしいものはない。

「僕も行く。清和くんについていく」

「はい。もうひとりの聞きわけのない子供も姐さんにお任せします。慈悲深い姐さん以外には扱えないと思います」

祐に艶然《えんぜん》と促されて、氷川も白い壁のドアを潜《くぐ》った。諜報《ちょうほう》部隊所属のメンバーが一定間隔を開け、警備員のように立っている。それぞれ、氷川の姿を確認した途端、礼儀正しく頭を下げた。

「……祐くん、もうひとりのって……誰？　裕也《ゆうや》くんじゃないよね？」

氷川が怪訝《けげん》な顔で尋ねると、祐は歩きながら軽く笑った。

「裕也くんより聞きわけのない子供です。極度のマザコンとファザコンをこじらせているからやっかいです」

祐が口にした人物にまったく心当たりがなく、氷川は首を捻《ひね》るしかない。

「……誰？」

「慈悲深い姐さん、二代目がすべてを台無しにする前に、手を打ちたい。話は後でいくらでも」

「……慈悲深い、って嫌みっぽい」

氷川は文句を言ったが、祐は取り合ってくれなかった。

「急ぎます」

薄暗いライトの下、氷川は祐とともに長い廊下を早足に進み、階段を駆け下りた。白い壁に設置されていた時計で時間を確かめれば深夜だ。長い夜はまだ明けない。

無敵に見える美麗な魔女の唯一の弱点は体力のなさだ。祐《たすく》の呼吸が乱れ、膝《ひざ》がガクガクしている。

8

「祐くん、大丈夫？」

「……こ、こんなことならば無理をせず、エレベーター使えばよかった」

「僕もそう思う。どうしてエレベーターを使わなかった？」

氷川《ひかわ》は清楚《せいそ》な容姿とは裏腹になかなかタフだ。剛健な男と愛し合った後でも呼吸は乱れていない。

「……こ、こちらのコースのほうが安全なのです」

「祐くん、休憩する？」

「……き、聞きわけのない子供がふたり、衝突したらすべて終わり……大丈夫です。急ぎましょう」

いったい何階下りたのか、一際明るいホールのような場所に辿《たど》り着《つ》く。大きなモニター画面の前では、清和《せいわ》が仁王立ちで立っている。

「二代目、待っていてくださるとは光栄です。それこそ、姐《あね》さんに対する愛の証《あかし》ですよ」

祐がシニカルに微笑《ほほえ》むと、清和は大きなモニター画面を眺めたまま怒気を含んだ声で言った。

「祐、若頭がいない」

「支倉《はせくら》組の若頭は総本部前で眞鍋《まなべ》の若い衆と一緒に見張り番です」

白い壁には数え切れないぐらいのモニターが設置されている。祐が人差し指で差したモニター画面には、眞鍋組総本部前の様子が映しだされていた。旧知の仲らしく、支倉組の若頭と眞鍋組の舎弟頭である安部《あべ》が親しそうに言葉を交わしている。天才外科医が営む速水《はやみ》探偵事務所を支倉組若頭とともに訪れていたスキンヘッドの構成員は、眞鍋組の古参とともに正面出入り口の前で睨《にら》みをきかせていた。こんな強面《こわもて》が揃《そろ》っていたら、どんな命知らずの鉄砲玉も飛び込むことに躊躇《ちゅうちょ》するだろう。

「これもお前の罠《わな》か？」

清和は吐き捨てるように言うと、モニター画面のそばにあるボタンを押す。鈍い音を立てながら壁だとばかり思っていたドアが開いた。

一際明るいライトが眩《まぶ》しい。

「……え？　橘高《きったか》さんとリキくん？　寒野《かんの》さんと支倉組長？」

いきなり、氷川の視界に飛び込んできたのは、虎《とら》と龍の置物が飾られた極道色の強い部屋だ。テーブルを囲み、支倉組長と寒野が頭を下げていた。

バカラの灰皿の隣、テーブルには予想だにしていなかったものが置かれていた。

……まさか、まさか、まさか、指、と気づいた瞬間、氷川の身体《からだ》が竦《すく》む。すんでのところで悲鳴を呑《の》み込《こ》んだ。

いったい誰の指なのか。

尋ねなくても誰の指か、氷川にもわかる。

間違いなく、支倉組長と寒野の指だ。

眞鍋組の重鎮である橘高とリキは、差しだされた二本の指にいつになく悲愴感《ひそうかん》を漂わせている。

「アニキ、指は無用だと言ったはずだぜ」

橘高が重い口を開けば、支倉組長は苦渋に満ちた顔で答えた。

「兄弟、そういうわけにはいかないさ。これは俺と不肖の息子のけじめだ」

支倉は横目で隣に並んだ寒野を眺める。痛々しいぐらい、寒野の顔や手には殴打の跡があった。

「不肖の息子という言い方は感心しない。いい男じゃねぇか」

「お前にかかったら、どんなクズでもいい男だ」

「アニキの息子はクズじゃねぇ。第一、この通り、うちのボンはピンピンしている」

見てくれ、とばかりに橘高は眞鍋組二代目組長に向かって誇らしそうに顎《あご》を杓《しゃく》った。清和は無言のまま、支倉組長をじっと見つめる。

「……クラブ・ドームで会った影武者のほかにも影武者がいたのか？　こっちの影武者のほうがよく似ているな」

支倉組長は目の前にいる不夜城の覇者が偽者だと勘違いしているようだ。一瞥《いちべつ》しただけで、橘高に視線を戻す。

「このボンは本物だ。姐さん先生のお達しで、おとなしく療養していたのさ」

「兄弟、お前は嘘《うそ》をつかない」

「ああ」

「……よかった」

俺の息子が殺してしまったのだとばかり思った、と支倉組長は安堵《あんど》の息をつく。弟分の橘高と清和を大事に思う極道であることは間違いない。

「アニキ、早まったな」

「……いや、無用と言われても、俺と禮《れい》ふたりできっちり詫《わ》びは入れるつもりだった。遅くなって申し訳ない」

再び、支倉組長が頭を下げれば、隣の息子も渋面で倣う。血縁関係を如実に証明しているかのように、支倉組長と寒野の容姿はよく似ていた。寒野がこのまま歳《とし》を重ねれば、今の支倉組長の姿になるだろう。

……あれ、寒野さん？

……なんか、何かおかしい？

どこがどうと言えないけれどおかしい？

清和くんはもっとおかしい？

清和くんは今にも日本刀を抜きそうだ、と氷川が背筋を凍らせた瞬間、不夜城の覇者は日本刀を抜いた。

鋭く光る切っ先は寒野に向けられている。

「寒野禮、覚悟《は》はいいか？」

清和が地を這うような低い声で言うと、寒野は不敵にほくそ笑んだ。

「元より」

「キサマは屈していない」

「ああ、完敗したわけじゃないからな」

不夜城の覇者の殺気が張《みなぎ》った瞬間、氷川は甲高い声で口を挟んだ。

「……せ、清和くん、駄目です。寒野さんは一般人になりました。寒野さんも一般人なんだからヤクザの事務所に来てはいけません。さっさと帰りなさい」

知《し》らず識《し》らずのうちに、氷川の足は動いていた。物凄《ものすご》い勢いで日本刀を構える清和に近寄る。

「……姐さん？」

寒野は驚いたらしく、陥没した目で氷川を見つめた。どうやら、眞鍋組二代目姐に庇《かば》われると思っていなかったらしい。

「はい。君は一般人でしょう。二度とヤクザに近寄ってはいけません……って、その怪我《けが》はどうされたのですか？　僕が見た時にそんな怪我はしていませんね？　手当てをしていないでしょう」

見せてご覧なさい、と氷川は殴打の跡が凄《すさ》まじい寒野に近づこうとした。

しかし、慌てて追いかけてきた祐と卓《すぐる》、ふたりがかりで背後から止められてしまう。

「姐さん、俺を恨んでいないのか？」

寒野の切れた口から出た声は掠《かす》れていた。清和に対する好戦的な態度とは比べるまでもない。

「前も言いました。何度でも言います」

氷川は意志の強い目で前置きしてから、きつい声音で言い放った。

「恨んでいないと言えば嘘になりますが、恨んでもいいことはありません。負の連鎖は断ち切る。第一、清和くんは無事でした。これから寒野さんは一般人としての平和で幸せな人生を歩んでください」

歴史が証明しているが、復讐《ふくしゅう》はさらなる復讐を招く。特にプライドが高い男たちの戦いに終わりはない。なんとしてでも、ここで戦いの終止符を打たなければならない。

「無理だな」

寒野に自嘲《じちょう》気味に言われ、氷川は筆で描いたような眉《まゆ》を顰《ひそ》めた。最初からまっとうな人生を諦《あきら》めている。

「無理ではありません。……ほら、綺羅《きら》くんと利羅《りら》ちゃんのパパと一緒に普通の仕事をしたらいい。もし仕事が見つからないのならば僕も相談に乗ります。介護の現場は慢性的な人手不足ですから、その気になれば仕事は見つかります」

「…………………俺に介護？」

よほど驚いたらしく、寒野は大きく上体を揺らした。同じように隣の支倉組長も上半身を派手に震わせる。

ふっ、と低く唸《うな》るように笑ったのは、支倉組長の前に座っている橘高だ。祐や卓は噴きださないように口を押さえていた。

「介護がいやなら、僕のプロジェクトに参加しますか？　一緒に健康的で美味《おい》しいハンバーグやミートローフを製造して販売しますか？　生ハムがいい？　ソーセージがいい？いくらでも仕事はありますよ」

氷川に冗談を言っているつもりは毛頭ない。どこまでも本気だった。生きる気力がまったく感じられない元ヤクザに、新しく生きる道を与えたかった。愛《いと》しい男を長刀で貫いた憎い男なのに。

一瞬、微妙な沈黙が流れる。

清和の視線は鋭いままだし、寒野を狙《ねら》う切っ先も変わらない。眞鍋組最強の男と魔女は一言も口を挟まず、事の成り行きを見つめている。

ほかでもない、寒野が静寂を破った。

「……本気か？」

「本気です」

「……負けた」

一瞬、寒野が何を言ったのか理解できず、氷川は怪訝《けげん》な顔で聞き返した。

「……え？」

「姐さんに負けた」

寒野の、死を覚悟したような双眸《そうぼう》には、眞鍋組二代目姐に対する尊敬が溢《あふ》れていた。痛いぐらい切ない。

「……え、僕に負けた？　僕が勝ったの？」

「二代目が惚《ほ》れたわけがわかる」

寒野の声音になんとも言いがたい哀愁を感じ、氷川は面食らったが構わずに捲《まく》し立《た》てた。

「わけがわからないけれど、今後の話を進めましょう。熱海《あたみ》で温泉卵や干物を売る仕事もあります。熱海の旅館や置屋にツテがあるから、上手《うま》く提携して『意外と熱海』のキャッチコピーに乗ってください。『意外と寒野』って」

「……熱海？」

「熱海はいいところでした。指がなくても、『花狸里《はなたぬきざと》』の姐《ねえ》さんたちなら大丈夫……うん、今は再生医療が発達しています。指も再建できると思いますから問題はありません。新しい人生を進みましょう。いくらでも僕が協力するから、さっさとヤクザの事務所から出ていきなさい」

一刻も早く、寒野を眞鍋組総本部から追いだしたい。氷川は引っ張りだしたかったが、祐と卓に腕を摑《つか》まれ、身動きが取れなかった。無力な祐はともかく、若い卓は振り切ることができない。

「俺なんか庇うな」

寒野の目も辛《つら》いし、言葉も辛い。なんというのだろう、氷川には寒野組元組長のすべてが辛すぎる。

「俺なんか？　俺なんか、なんて自分を卑下してはいけません。あなたが自分で自分を貶《おとし》めたら、あなたを産んだお母様がお気の毒です」

「……そんなことを言われたのは初めてだ。俺のオクフロはオヤジに売春させられて『公衆便所』と呼ばれていたんだぜ」

　俺は公衆便所の息子だ、と寒野はどこか遠い目で鬱屈《うっくつ》した思いを吐露した。

　隣の支倉組長だけでなく橘高も辛そうに顔を歪《ゆが》める。金銭的に逼迫《ひっぱく》していた若い頃、金儲《かねもう》けの下手な極道たちは女性に養ってもらっていたという。掃いて捨てるほど転がっている話だ。

「そんな蔑称《べっしょう》で呼ぶ人が悪です。そもそも、非はお父様にあります。そこまで苦労させたお母様とどうして結婚しなかったのでしょう」

「オヤジは最初から公衆便所と結婚する気がなかったらしい。俺のオフクロも俺も使い捨ての道具だ」

　寒野の口ぶりから結婚を餌《えさ》に搾取した支倉組長の手口がわかる。氷川の怒りのボルテージが上がるが、狡《ずる》い男を非難するのは後だ。

「お父様は最低ですが、あなたは自棄《やけ》になってはいけません。世の中には生きたくても生きられない人がたくさんいるんです。あなたには健康という最高の資本があります。一般人として人生をやり直してください」

　氷川は白い頬《ほお》を紅潮させて力んだが、寒野は不敵に切れた口の端を歪める。身に纏《まと》う空気が変わった。

「俺に情をかけたことを後悔させてやるつもりだった」

寒野は高らかに言いながら、ネクタイを緩めた。

その瞬間、氷川の腕を摑んでいた祐と卓には緊張が走る。清和から発散される殺気がさらに激しくなった。

「……え？」

氷川はシャツの前を開いた寒野に困惑した。黒い革張りのソファに腰を下ろしていた橘高や支倉組長にしてもそうだ。

「そろそろ時間だ」

寒野は挑戦的に言い終えると、シャツに隠れていた胸元を晒《さら》した。

首輪タイプの時計が巻かれている。

……否、時刻は刻まれていない。

タイマーのように秒数が刻まれている。

残り、三十秒を切った。

「……キ、キッチンタイマー？」

氷川にもキッチンタイマーではないとわかっていたが、キッチンタイマーだと思いたかった。

「時限爆弾さ。地獄への道連れにするつもりだった」

寒野は事務的な口調で明かした。

「……じ、時限爆弾？」

氷川が真っ青な顔で下肢を震わせると、祐と卓が庇うように支えた。そのままの体勢で後退しようとする。

けれども、氷川は祐と卓の力に抗《あらが》って、その場に踏《ふ》み留《とど》まった。時限爆弾を首に巻いた寒野を見捨ててはいけない。祐に小声で注意されたが無視する。

清和は腹立たしそうに日本刀を掛け軸に突き刺すと、氷川のそばに駆け寄った。祐と卓に最愛の姉さん女房を任せられないと踏んだからだ。

「どうせ、この部屋は核シェルター並みの部屋だろう？　俺から離れろ」

寒野が極道色の強い部屋をグルリと見回すと、それまで無言だったリキが初めて口を開いた。

「寒野禮、誰に時限爆弾をセットされた？」

「姐さんに免じて教えてやる。支倉組の若頭だ。俺は自分でダイナマイトを腹に巻いたが、若頭は気に入らなかったらしい」

寒野がなんでもないことのように明かすと、リキは抑揚のない声で確かめるように言った。

「後藤田《ごとうだ》か」

「気づいていたんだろう？」

「証拠がなかった」

「姐さん、俺のオフクロの分も幸せになれ」

タイムリミット、と寒野が寂しそうに言うや否や、氷川は清和に抱きかかえられた。開け放たれたままのドアの向こう側に飛び込む。

「支倉組長、避難してください。解除は無理ですっ」

リキには珍しい切羽詰まったような大声の後に、橘高の張り裂けるような叫び声が響き渡った。

「アニキーっ?」

「支倉組長っ?」

「……れ、禮ーっ」

「オヤジ、逃げろーっ」

橘高や支倉組長、何があっても冷静沈着なリキも叫んでいたが、氷川は声を出すことができなかった。それどころか、指一本、動かすこともできなかった。ただただ清和の逞《たくま》しい腕に守られるように抱かれていた。

リキと卓に引《ひ》き摺《ず》られるようにして橘高がやってくる。祐は氷川の隣だ。しかし、支倉組長は来ない。

支倉組長は時限爆弾をセットされた息子を物凄い勢いで抱き締めた。

だが、息子は父親を突き放そうとした。

それでも、父親は息子を放さない。

ドアが鈍い音を立てながら閉まった瞬間、不気味な轟音《ごうおん》が響き渡った。ミシミシミシミシッ、とモニター画面が設置された壁が揺れる。

「……ギリセーフ」

卓が独り言のようにポツリと零《こぼ》した。

確かに、一秒でも遅れていたら危なかったに違いない。

いったい何がどうなったのだろう。これらはあっという間の出来事だった。氷川は愛しい男の胸の中で、悪い夢でも見ているような気分だ。

モニター画面の中では時限爆弾が爆発した瞬間が克明に映しだされた。食い入るような目で見ていたのは祐とリキだ。卓は辛いらしく、視線を外した。氷川も直視することができなかった。

「祐、お前は気づいていたはずだ。どうしてオジキを罠にかけた？」

清和はモニター画面から眞鍋組で一番汚いシナリオを書く策士に視線を流した。密着している氷川の身体に、清和の凄絶《せいぜつ》な怒気が伝わってくる。

「二代目、人聞きの悪い」

祐がシニカルに口元を歪めつつ、ヤクザとは思えないような手を振った。橘高はがっくりと肩を落としているが、リキと卓が押さえていなければ飛びだしていただろう。身の危険も顧みずに。

「お前は支倉組の若頭が黒幕だと読んでいた。オジキを罠にかける必要はなかった」

清和が凄まじい迫力を漲らせると、祐は軽く息を吐いた。

「俺は二代目の死亡説を利用して、支倉組の獅子身中《しししんちゅう》の虫を炙《あぶ》りだそうとしました。支倉組長が息子と一緒に心中《しんじゅう》するシナリオは書いていなかった」

「なんだと？」

「支倉組長も一緒に避難して、支倉組内の獅子身中の虫を処罰するシナリオを書いていました。まさか、寒野を抱き締めるとは予想していなかった」

どうやら、名うての魔女にとっても、咄嗟《とっさ》に息子を選んだ支倉組長は想定外だったようだ。魔女のシナリオでは、今、この場に支倉組長もいるはずだったらしい。

「オジキは息子を見殺しにはしない」

「ヤクザって不思議です」

祐が呆れたように言うと、リキと卓に拘束されていた橘高が低い呻《うめ》き声《ごえ》を漏らした。

「……っ……リキ、卓、放せ」

眞鍋組の大黒柱に指示され、リキと卓は拘束していた腕を外した。どちらも一歩下がり、腰を折る。

「橘高顧問にはなんの落ち度もありません」

リキが低い声で宥《なだ》めるように言うと、橘高は悔しそうに男らしい眉を歪めた。

「……まさか、後藤田がここまでするとは思わなかった」

昔気質《むかしかたぎ》の極道に峻烈《しゅんれつ》なまでの哀愁が漲る。支倉組の獅子身中の虫が若頭の後藤田だと、橘高も薄々感づいていたのかもしれない。それでも、組長の息子に自爆させるとは予想だにしていなかったようだ。

「それだけ支倉組の経済状況が逼迫しているのでしょう」

リキは後藤田が強硬手段に出た理由に言及した。

支倉組のシマは閑古鳥が鳴き、構成員が果物泥棒や野菜泥棒に手を染めているという噂《うわさ》は、氷川の耳にも届いている。寒野も実父が牛耳る街には手を出そうとはしなかった。

「今夜、寒野を眞鍋組総本部で自爆させて、俺たちを皆殺しにして、眞鍋組のシマを手に入れようとしたのか？」

寒野にすべての罪を被《かぶ》せればそれですむ。後藤田は何も知らなかったふりをして、事後処理に奔走すればいい。何より、支倉組長が亡くなれば、組長の座は後藤田に自動的に転がり込む。それゆえ、詫びの場に同席せず、総本部前の護衛に回った。

「眞鍋のシマを桐嶋《きりしま》組長に譲る、と姐さんに宣言され、後藤田は焦ったのでしょう」

「姐さんが桐嶋組長を指名するとは夢にも思わなかった」

「俺も桐嶋組長指名は驚きました。さすが、姐さんです」

眞鍋組二代目組長が亡くなれば、二代目姐の先導で眞鍋組が解散して、シマが支倉組に譲渡される。後藤田はそのように予想していたに違いない。

今になって、氷川は祐に感謝された理由に気づいた。あの時、あの場で氷川が眞鍋組解散を声高に唱えていたならば、後藤田の目論《もくろ》み通りに竜仁会《りゅうじんかい》の幹部が動いていたかもしれない。すなわち、不夜城の支配権の迅速でいてスムーズな譲渡だ。もっとも、そのほうが、祐のシナリオは汚かったかもしれない。

「後藤田、許せん」

昔気質の極道の闘志に火がついた。手に日本刀を持っているように見える。傷だらけの大きな手には何も握られてはいないのに。

「はい」

「この始末は俺がつける」

「後藤田は寒野の縁で長江組《ながえぐみ》と繋《つな》がりました」

祐が由々しき事実を告げても、橘高の意志は変わらなかった。

「見逃せん」

「長江組を刺激しないため、極秘に処理したい。今さらここで説明しなくてもおわかりですね？」

「祐、俺は極道だ」

橘高は祐が書いたシナリオを静かな迫力で拒絶した。もはや、誰も橘高に声をかけられない。

清和は氷川の身体から腕を離し、養父の背中を追おうとした。おそらく、誰よりも養父の思いに共感している。

だが、氷川は咄嗟に清和に抱きつき、リキは鋭い目で止めた。二代目の出る幕はない、という無言の圧力が凄まじい。

瞬く間に、橘高の雄々しい後ろ姿が見えなくなった。

「姐さん、怖い思いをさせて申し訳ありませんでした」

リキが氷川に向かって謝罪すると、祐や卓も深々と腰を折った。氷川は清和に抱きついたまま、掠れた声で確かめるように尋ねた。

「……こ、今回の黒幕……一番悪いのは支倉組の若頭の後藤田さんなんだね？」

氷川の質問に答えたのはリキではなく祐だ。

「そうです。先日の寒野組の一件、俺はどうにも腑《ふ》に落ちなかった。涼子《りょうこ》さんがあれだけ堂々と動いているのに、支倉組が何も気づかないはずがない。ダイヤドリームの太夢《たいむ》を使って、大江吉平《おおえきっぺい》から聞きだしました」

祐はどこか遠い目で、元寒野組の若頭に問《と》い質《ただ》した時のことについて語りだした。

『吉平、俺が誰か知っているか?』

祐がわざわざ脅さなくても、吉平は逆らったりはしない。幼い子供たちを育てることを第一に掲げている。

『眞鍋で一番怖い魔女、俺は綺羅くんと利羅ちゃんのために呪《のろ》い殺《ころ》されるわけにはいかないんだ。何かな?』

『寒野禮のバックは長江組だけか?』

『どういう意味?』

『惚《とぼ》けるな』

祐が冷たい目で威嚇すると、傍らにいた元暴走族仲間の太夢が吉平の背中を突いた。

『惚けていないよ。寒野さんのバックは長江組だ。長江組系寒野組を名乗る予定だったんだもん』

『支倉組長や支倉組は何も知らなかったのか?』

涼子さんや寒野の動向を支倉組がいっさい関知していなかったとは思えない、と祐は説明を続けた。

『……あぁ、そういうことか。寒野さんは昔から後藤田さんと仲良しだよ。今回の寒野組のことも後藤田さんにはさっくり話して、支倉組長に気づかれないように隠してもらったんじゃないかな』

祐の質問の意図を理解すると、吉平はあっけらかんと黒幕を吐いた。隣にいる太夢の整った顔が歪む。

『支倉組若頭の後藤田か』

若頭が寒野組設立計画を隠蔽《いんぺい》すれば、組長の耳に届かないかもしれない。そもそも、実質、支倉組を切り盛りしていたのは組長ではなく若頭だ。

『うん、後藤田さんもお金がなくて困っているんだって。寒野さんは後藤田さんに長江組の幹部を紹介したよ』

『どうして今まで黙っていた？』

『誰にも聞かれなかったから』

『いい度胸だな』

祐が毒々しく微笑むと、吉平は青ざめた顔で太夢に抱きついた。

『……い、いやーっ。俺は綺羅くんと利羅ちゃんのために殺されるわけにはいかないんだ。姐さん、助けて～っ』

『うちの姐さんに連絡を入れてみろ。その時点でお前はバズーカ砲の的だ』

そこまで一気に語ると、祐は大きく息を吐いた。秀麗な美貌《びぼう》には癖のある男たちに対する鬱憤《うっぷん》が現れている。

「当初、俺は支倉組長を疑っていましたが、黒幕は後藤田でした。二代目の死亡説を率先して流したのも後藤田です」

「……うん、後藤田さんは清和くんの生死を確かめた。祐くんが俊英《しゅんえい》先生に言い含めていたんだね？」

氷川は支倉組の若頭が速水探偵事務所を訪ねたことに納得した。

「はい。俊英先生は変人ですが馬鹿《ばか》ではありませんから、ごく稀《まれ》に名探偵に化ける。後藤田や楊《よう》一族、情報屋など、二代目の死の真相を探る奴《やつ》ら相手に奮闘してくれました」

不夜城の覇者の生死を確認したい者は枚挙に暇《いとま》がない。魔女の思惑通り、俊英は振る舞ったようだ。

「それで清和くんが殺されたと思ったんだね」

「……まぁ、二代目の影武者がいることは知っていましたから、確信がなかったのかもしれません」

「清和くんの影武者がいると知っていたのか」

「なんにせよ、二代目さえ消せば眞鍋のシマが転がり込むと思っていた。浅はかなヤクザです」

浅はかすぎるとかえって読めない。そんな祐の内心が呆《あき》れ顔《がお》からははっきりと伝わってくる。卓も同意するように頷《うなず》いた。

「浅はかなヤクザが……そんな馬鹿なヤクザが寒野さんの首に時限爆弾をセットした？

支倉組長も一緒に殺す気だったの？」

氷川は口にするだけで恐怖と怒りで震える。無意識のうちに、ぎゅっ、と清和の身体を掴み直した。

不夜城の覇者も尊敬していた極道の死に心を痛めていることは間違いない。

「支倉組長は、どんなに台所が苦しくなっても長江組の傘下には入らない。邪魔になったのでしょう」

眞鍋組で最もビジネスマンに近い策士の見解はシビアだ。しかし、傍らの卓や抱き締めている清和も無言で同意している。

「……そ、そんな……」

「支倉組で食えなくなった。その一言に尽きる」

「……支倉組で生活できなければ組を解散して、一般の会社にすればいいのに……」

「そんなことをしたら、さらに支倉会社は食えなくなる。甘い考えは無用に願います」

祐がぴしゃりと現実を叩《たた》きつけた時、眞鍋組総本部前を映しだしているモニター画面の中では、支倉組の後藤田の前に橘高が現れた。その手には白鞘《しらさや》の日本刀が握られている。

いつの間に追ったのか、そばにいたはずのリキが橘高の後ろに控えている。眞鍋組の古参の構成員たちもズラリと並んだ。

『後藤田、俺がピンピンしているのが不思議か？』

橘高が白鞘の日本刀を手に迫れば、後藤田は危機を察したらしく土色の顔でジリジリと後退《あとずさ》った。

『……な、なんのことですか？』

『うちのボンも虎も魔女もピンピンしているぜ』

『……よ、よかったです。お元気ならよかったです』

『アニキと禮のところに連れていってやる。来い』

橘高が鷹揚《おうよう》に顎を杓ったが、後藤田は慇懃《いんぎん》無礼《ぶれい》な態度で辞退した。

『……お話が弾んでいるようですから、自分はいったん、失礼させていただきます』

後藤田は深々とお辞儀をしてから支倉組のキャデラックに進もうとした。けれど、リキや古参の幹部が行く手を阻む。支倉組のスキンヘッドの構成員は安部に視線で封じ込められていた。

一触即発。

眞鍋組総本部前だけに、兵隊の数は眞鍋組が圧倒的に多い。ただ、総本部前には支倉組のワゴンが二台、キャデラックとフォードが並んでいるから不気味だ。

『お前は親殺しをする覚悟を決めていなかったのか？』

橘高は怒りを押し殺したような声で後藤田に尋ねた。

『なんのことでしょう？』

『惚けても無駄だ』

『自分にはさっぱりわかりません』

『覚悟を決めろ』

橘高が宣戦布告のように告げると、後藤田は観念したらしい。合図のように手を大きく振った。

その途端、スキンヘッドの構成員が隠し持っていたピストルを発射する。総本部前に停《と》められていた支倉組のワゴンからも発射された。

ズギューン、ズギューン、ズギューン、ズギューン、ズギューン、ズギューン、という無数の発射音とともに恐ろしい罵声《ばせい》が飛び交う。

『カビの生えた奴、死ねーっ』

『仁義を忘れた奴こそ、死ね』

『生き延びることこそ、現代の仁義だーっ』

『渡世上、親殺しは最大の罪だっ』

一瞬にして、眞鍋組総本部前は戦闘地帯となった。

リキが鬼神さながらの強さで、凶器を構える支倉組の戦闘員たちを倒していく。安部がスキンヘッドの支倉組構成員を放り投げる。

『橘高オジキ、頼むから死んでくれーっ』

後藤田が橘高の眉間《みけん》をピストルで撃ち抜いた。

間一髪、橘高は躱《かわ》した。

そうして、辛そうに日本刀を振り下ろす。

ここは法治国家の日本なのか、国会議事堂がある東京なのか、映画かドラマではないのか、氷川はモニター画面に映しだされている出来事が現実だと思えない。もっと言えば、現実だと思いたくない。

「……こ、こんなの……やめて……」

氷川が恐怖に怯《おび》えた声を漏らせば、清和が険しい顔つきで言った。

「見るな」

「……せ、清和くん……見るな、って言っても……これは……こ、これは……これはいくらなんでも……止めて……」

ガバッ、と清和はモニター画面が見えなくなるように氷川を抱き込む。大柄な若い男の胸の中に華奢《きゃしゃ》な内科医はすっぽりと収まった。

氷川は愛しい男の胸の鼓動を耳にして、少しだけ落ち着く。さしあたって、命より大事な男は無事だ。

「姐さんがいらっしゃる。消せ」

祐の指示によりすべての画面が消え、卓の苦しそうな溜め息が漏れた。

「裏切り者の最期にしては幸せです。橘高顧問も虎もお優しい」

祐の達観したような声音が、修羅というものを語っているような気がした。呼応するかのように、氷川を抱き込んでいる不夜城の覇者の怒りが大きくなる。

「……祐」

清和が低い声で呼びかけると、策士は艶然《えんぜん》と微笑みながら答えた。

「はい、二代目、支倉の獅子身中の虫は眞鍋の獅子身中の虫に等しかった。やっと始末されました。これからが本番です」

「許さない」

「許す必要はありません。ただ覚悟してください」

「ああ」

いったいどんな覚悟なのか、氷川には問うこともできなかった。散ってしまった支倉組長と寒野を思えば、胸が張り裂けそうに痛む。最後に見た寒野の笑顔が瞼《まぶた》に焼きついているから切ない。

寒野は実父の愛を知って、幸せだったのだろうか。

実父は最期に息子に愛を示し、幸せだったのだろうか。

あの時、支倉組長は極道ではなく単なる父親になっていた。

そんなに強く結ばれていた父と子だったならば、どうしてもっとお互いに歩み寄れなかったのだろう。

そうすればもっと違う未来が開けていたはずだ。

どうして、と氷川はやるせなさでいっぱいになる。命を捧《ささ》げたはずの組長を裏切った若頭には恐怖と悲しさが込み上げてきた。最期の姿は見ていない。見ようとも思わない。

「……せ、清和くん」

氷川の複雑な恐怖と切なさに気づいたのか、清和の腕の力がさらに増した。全力で守るように抱き締める。

「……すまない」

愛しい男の謝罪が氷川の心を貫く。

「……ぼ、僕から離れちゃ駄目だ」

「…………」

「一時も僕を離さないでほしい」

今後、いったい何が起こるのか。

これから本番とはどういうことなのか。

何があっても絶対に離さない、と氷川も縋《すが》るように抱き締め直した。今、愛しい男の腕の力強さは本物だ。それだけは間違いない。

あとがき

講談社X文庫様では四十九度目ざます。資料の山と食べ散らかしたスイーツの残骸の海で遭難している樹生《きふ》かなめざます。

……ええ、あれやこれやの資料やら季節限定スイーツやらご当地スイーツやらで、アタクシの部屋も頭の中も霧の魔宮と化しています。氷川《ひかわ》と清和《せいわ》はいったいどこを彷徨《さまよ》っているのでしょう。リキと正道《まさみち》もやっと一線を越えたのにいったいどこに流れていくのでしょう。藤堂《とうどう》もいったいどうするのでしょう。みんな、迷走驀進《ばくしん》中?

担当様、迷走驀進……ではなく、いつもありがとうございます。

奈良千春《ならちはる》様、迷走驀進にいつも本当にすみません……ではなく、ありがとうございます。

読んでくださった方、ありがとうございました。

再会できますように。

血糖値が恐すぎる樹生かなめ

『龍《りゅう》の壮烈《そうれつ》、Dr.《ドクター》の慈悲《じひ》』、いかがでしたか？

樹生《きふ》かなめ先生、イラストの奈良千春《ならちはる》先生への、みなさまのお便りをお待ちしております。

樹生かなめ先生のファンレターのあて先

〒112-8001　東京都文京区音羽2-12-21　講談社　文芸第三出版部「樹生かなめ先生」係

奈良千春先生のファンレターのあて先

〒112-8001　東京都文京区音羽2-12-21　講談社　文芸第三出版部「奈良千春先生」係

N.D.C.913　239p　15cm

樹生かなめ（きふ・かなめ）
血液型は菱型。星座はオリオン座。
自分でもどうしてこんなに迷うのかわからない、方向音痴ざます。自分でもどうしてこんなに壊すのかわからない、機械音痴ざます。自分でもどうしてこんなに音感がないのかわからない、音痴ざます。自慢にもなりませんが、ほかにもいろいろとございます。でも、しぶとく生きています。
樹生かなめオフィシャルサイト・ROSE13
http://kanamekifu.in.coocan.jp/

講談社X文庫

white heart

龍《りゅう》の壮烈《そうれつ》、Dr.《ドクター》の慈悲《じひ》

樹生《きふ》かなめ

●
2019年9月3日　第1刷発行

定価はカバーに表示してあります。

発行者――渡瀬昌彦
発行所――株式会社　講談社
東京都文京区音羽2-12-21 〒112-8001
電話　編集　03-5395-3507
販売　03-5395-5817
業務　03-5395-3615
本文印刷－豊国印刷株式会社
製本――株式会社国宝社
カバー印刷－半七写真印刷工業株式会社
本文データ制作－講談社デジタル製作
デザイン－山口　馨

ISBN978-4-06-517084-7